Joseph Eichendorff

Jugendgedichte

Classic Pages

Eichendorff, Joseph

Jugendgedichte

ISBN: 978-3-86741-5-729

Auflage: 1
Erscheinungsjahr: 2010
Erscheinungsort: Bremen, Deutschland

© Europäischer Hochschulverlag GmbH & Co KG, Fahrenheitstr. 1, 28359 Bremen (www.eh-verlag.de). Alle Rechte beim Verlag und bei den jeweiligen Lizenzgebern.

Jugendgedichte

Neudrucke literarhistorischer Seltenheiten
herausgegeben von Fedor von Zobeltitz.
No. 9.

Joseph und Wilhelm von Eichendorffs Jugendgedichte.

Vermehrt durch ungedruckte Gedichte aus dem handschriftlichen Nachlaß.

Herausgegeben und eingeleitet von

Dr. R. Pissin.

Berlin
Ernst Frensdorff.

Inhalts-Verzeichnis.

Ein * zeigt an, daß das Gedicht hier nach der Jugend-Handschrift mitgeteilt wird, also entweder bisher unbekannt (oder ungenau von Meisner und Kruger veröffentlicht) war, oder aus der Redaktion von 1837 in die ursprüngliche Form gebracht ist.

	Seite
Einleitung	VII
1. Beim Erwachen	1
2. Stammbuchblatt für M. H.	2
3. Es waren zwei junge Grafen	3
4. Antwort	3
*5. An Isidorus Orientalis	3
*6. An J—	4
*7. 8. An H. Grafen von Loeben	1, 2. 4
*9. In Budde's Stammbuch	5
*10. Der Lenz mit Klang und rothen Blumenmunden	6
*11. Aussichten	6
*12—13. Angedenken	7
*14. Schiffer	8
*15. Der arme Blondel	8
*16. Madrigal	8
*17.—26. Jugendandacht	9
*27.—30. Sehnsucht	14
31. Rettung	17
*32.—37. Der Dichter	19
*38. An der Oder	22
*39. Ermunterung	22
40. Anklänge	23
*41. Das Zaubernetz	23
42. Nachtigall	25
43. Erwartung	25
*44. Abendständchen	26
45. Trauriger Winter	27
*46. Das Gebet	27
*47. Sehnsucht	28
*48. Burg und Kreuz	29
*49. Sonett	29
*50. Ein Traum	30
*51. Kanzone	32
52. Assonanzen	34
*53. Minnelied; (Klage)	34
*54. Mandolinen-Lied	35
55. Frühlingsandacht	36
*56. Minnelied	36
*57.—60. Jugendsehnen	37
61. An den heiligen Joseph	39

	Seite
*62. Selige Wehmut (Maria)	39
*63. Zauberin im Walde	40
64. Kaiser Albrechts Tod	44
*65. Maria Magdalena	45
*66a. Maria von Tyrol im Kloster	47
66b. Die Nonne und der Ritter	47
*67. Das Bildniß (Romanze)	49
*68. Ballate	51
69. Romanze	52
70. Romanze	53
*71. Sestine	53
*71a. Mariae Sehnsucht	55
71b. Trost	55
72. Herbstliedchen	56
73. Bin ich denn nicht auch ein Kind gewesen	56
74. Einsiedler	57
75. Die Kleine	57
76. Jäger und Jägerin	58
77. Jägerkatechismus	59
78. Studentenfahrt	60
79. Das Mädchen	61
80. Die Stille	61
*81. Nach einem Balle (Wahl)	62
*82. Jagdlied	63
83. Zum Abschied	64
84. Frühmorgens durch die Winde kühl	64
85. Weit in die Welt!	64
86. Der Liebende	65
87. Mein Schatz das ist ein kluges Kind	65
88. Ach, von dem weichen Pfühle	65
89.—92. Die Freunde	66
93. An A	68
94. Der Riese	69
95. Auf dem Schwedenberge bei Lubowitz	69
96. Klage	70
97. Geistesgruß	71
*98. An die Dichter	72
99. An —	73
100. An	74
101. Nachtfeier	75
*102. Zorn	76
103. Symmetrie	76
104. Heimkehr	77
105. Gebet	79
106.—107. Mahnung	80

	Seite
108. Der Tiroler Nachtwache	81
109. An die Tiroler	81
110. An die Metsten	82
111. Der Jäger Abschied	83
112. Auf dem Rhein	84
113. Abschied	84
114. Erwartung	85
*115. Leid und Lust	86
116. Frische Fahrt	87
117. Morgenritt	88
118. Zwielicht	90
*119. Der Sänger	90
120. Die Spielleute	91
*121.—129. Der verliebte Reisende	92
150. Der Morgen	98
131. Mittagsruh	99
132. Andenken	99
133. Das Flügelroß	99
134. Liebeslust	101
135. Glückliche Fahrt	102
136. Zum Abschied	102
*137. Herbstklage	103
138. Winter	103
139. Es träumt ein jedes Herz	104
140. Wehmut	104
141. Laß das Trauern	105
142. Morgenlied	106
143.—144. Zeichen 1, 2	107
145. Unmut	107
146. Entschluß	108
147.—149. An Fouqué	108
150. Erhebung	110
151. Nachtlied	110
*152. Das zerbrochene Ringlein	111
153. Der Gefangene	112
154. Der Reitersmann	114
155. Der verirrte Jäger	117
156. Hüte dich!	117
*157. Lorelay (Waldesgespräch.)	118
158. Nachtwanderer	119
159. Die deutsche Jungfrau	119
*160. Die wunderliche Prinzessin	120
*161. Der armen Schönheit Lebenslauf	125
*162. Die Hochzeitsnacht	127
*163. An Wilhelm. Zum Abschiede. Im Jahre 1813	130

Wilhelm von Eichendorff.

		Seite
*164.	An Ifidorus	131
*165.	An Ifidor	131
*166.	An Heinrich Grafen von Loeben	132
*167.	Wenn fanfte Quellen	133
*168.	Ift's wohl das ewge Raufchen	133
*169.	Der kühle Herbft	134
*170.	So raufchen wieder	134
*171.	Es gibt geheime, fchauervolle Stunden	135
*172.	Ein Zauberwald	135
*173.	Beklommen frag ich	136
*174.	Das Horn fchlägt an	136
*175.	Schon Nebel flatterten	137
*176.	Schwermut und Entfchluß	137
*177.	In dem wilden unendlichen Walde	138
*178.	Ins Horn, ins Horn	139
*179.	Goldner Schein ift ausgegangen	140
*180.	An die Langeweile	141
*181.	Wiedergenefung des Dichters	141
*182.	Der durch die Luft fahrende Spielmann	142
*183.	Die zauberifche Venus	145
*184.	Wahlfahrt nach dem gelobten Lande	148
*185.	Teutfche Treue	150
*186.–188.	Kanzonen	152
*189.	Venus von Medicis und Albert Dürer	158
190.	An meinen Bruder Jofef	159

Anhang.

191.	Briefentwurf Jofephs an Aft	160
*192.	Wohl kann ich, wie die andern, thun und laffen	161
193.	Es wächft und ftrömt in ewigen Gedichten	161
194.	Es war die Nacht fo wunderbar	162
*195	Klage	162
	Anmerkungen	164
	Alphabetifches Verzeichnis d. Versanfänge	176

Einleitung.

Es gibt Perioden, in denen ein hingebendes Schwärmen die Jugend erfüllt, in denen ein freudiger Wille, begeistert zu sein, herrscht, der genährt von andächtiger Verehrung der Natur und Persönlichkeit, von einem unbestimmt=sehnsüchtig alles umfangenden Liebesbedürfnis gesteigert wird, daß man von Überschwänglichkeit der Lebensführung bei einer ganzen Generation sprechen kann, daß vieler Lebensfackeln kaum empor=gelodert sich verzehrt haben und früh erlöschen. Die Zeit der Romantik war solcher Stimmungen günstigster Nährboden. Zahlreiche Momente — philosophische, religiöse, — ethische, vereinigen sich in wechselseitiger Erhöhung, jenes Resultat romantischer Gesinnung zu erzeugen, das im Schaffen der Schlegel, der Tieck, Novalis und all der andern Künstler und Gelehrten seinen weithin wirkenden Ausdruck fand.

Oft mehr noch im Leben als in den Werken. Die Inten=sität des Lebens und Erlebens ist sehr viel größer, — nicht als die Produktivität, aber als die Kunst gestaltende Kraft dieser Naturen. Auch geringere Geister sind in jener Hinsicht ungemein aufschlußreich für das Zeitempfinden. Manch Jüngling jener Zeit, der ein Dichter dritten Ranges ward, verschwelgt seine Tage in dithyrambischem Schwung und einer (geselligen) Be=geisterung, die seinem Dasein den Schimmer des Genialen ver=leiht. — Der Freundschaftskultus ist aufs höchste ausgebildet: Frauen und Männer und diese unter einander leben in leiden=schaftlich = vertraulicher Seelen = Gemeinschaft, einem der vor=nehmlichsten romantischen Lebensbedürfnisse. Diese Menschen haben Schätze echten Freundschaftsgefühls, oft im stillen, auf=gehäuft.

Für solche Betrachtungsweise ist Otto Heinrich Graf von Loeben eine typisch=romantische Erscheinung. Von anschmieg=samstem Wesen, von einem sehnsüchtigen Verlangen nach mit=teilsamer Freundschaft, hingebender Liebe zeitlebens beseelt, durchlebte er, ein Einundzwanzigjähriger, 1807 und 1808 in Heidelberg ein Jahr höchster Schwärmerei und Exaltiertheit, dessen Beobachtung, an sich von großem Reiz, allgemeinere

Teilnahme um deswillen beansprucht, weil in diesen Winter und Frühling 1807 auf 1808 jener vertraute Verkehr der **Brüder Eichendorff** mit Loeben fällt, der, ihr dichterischer Lehrer und Meister, namentlich den um zwei Jahre jüngeren Joseph so lebhaft, wenngleich vorübergehend, beeinflußte.

Man sollte es nicht glauben, wenn man die Gegensätze betrachtet, daß der Freie dem immer Unfreien so ganz verschmelzen konnte. Jenem quellen in seinem begeisterungstrunkenen, weich hingegebenen Dasein immer neue Nebel und verschleiern die Aussicht auf eigenes Ziel, die wechselnden Gestaltungen einer im Innersten unselbständigen Fantasie täuschen ihm immer wieder eine ersehnte, nur zu rasch gläubig hingenommene Klarheit vor, aber Sehnsucht nach den erhofften goldnen Wundern einer verschwimmenden Ferne verläßt ihn zeitlebens nicht, und raubt ihm die ruhige Sicherheit dessen, der fühlt und weiß, daß er auf eignen Boden baut. Eichendorff zerstreuten sich die Nebel, die am Morgen seines Lebens aufstiegen, bald; und als er zur Klarheit gekommen, da wirft er sich mit frischer Herzhaftigkeit den Wellen des Lebens entgegen, sie meisternd, denen er mit Kraft sich hingibt.

* * *

Durch die Biographie Hermanns von Eichendorff, des Sohnes, dann auch durch neuere Forschungen, wie die von H. A. Krüger (Der junge Eichendorff), waren wir über die wichtigen Beziehungen des Dichters zu seinem Jugendfreunde Otto Heinrich Grafen von Loeben, dem Dresdner Romantiker, der eine Übergangsstellung zwischen der älteren und jüngeren Romantik einnimmt, in allgemeinen Umrissen unterrichtet, — aber in wesentlichen Punkten falsch. Man unterschätzte die Wichtigkeit, den Umfang, die Vertraulichkeit dieser Beziehungen. Krüger war auf dem richtigen Wege, die Bedeutung dieser Freundschaft für die Heidelberger Zeit zu würdigen, wenngleich die Unzulänglichkeit seines Materials ihn auch auf biographischem Gebiet des öftern fehlgreifen läßt und zur Beurteilung der dichterischen Abhängigkeit des um zwei Jahre jüngeren Eichendorff[*]) von Loeben ihm nicht nur die Kenntnis des Materials, sondern auch die stilistische Feinfühligkeit abgeht. Doch auch Krüger schließt sich kritiklos der Biographie Hermanns an, wenn er über Loeben selbst urteilt. Dessen Nachrichten aber gehen zurück auf jene scharf absprechende, in der Tat entstellende Schilderung, die der greise Eichendorff ein halbes Jahrhundert

---

[*]) Sein Bruder Wilhelm war mit Loeben gleichaltrig, beide 1786 geboren; der — wie so viele der Romantiker — frühe „konsumierte" Loeben starb schon 1825.

später von Loeben entwirft: in jenem — an sich glänzend geschriebenen — Aufsatz „Halle und Heidelberg", der wohl zu den meist ausgeschriebenen romantischen Dokumenten gehört.

In diesem Aufsatz spricht Eichendorff von dem bedenklichen „Afterkultus" der Romantik: „Graf von Loeben war in Heidelberg der Hohepriester dieser Weltkirche." Er sei da „gerade" Isidorus Orientalis gewesen und habe „novalisiert". Von seiner damals innigen Freundschaft und leidenschaftlichen Verehrung dieses „begeisterungswütigen Sehers" kein Wort! „Er hatte in Heidelberg nur wenige sehr junge Jünger, die ihn gehörig bewunderten ..." Man fühlt, wie peinlich dem Ergrauten die Erinnerung an die ekstatischen Jugendschwärmereien ist, dem Abgeklärten die Begeisterungsstürme jenes Winters und Frühlings 1807 auf 1808. Der hohe Beamte, der Überlegen-Welterfahrene vermag sich eines Schamgefühls nicht zu erwehren, wenn er des einstigen unreifen Enthusiasmus gedenkt: sein Herz verschließend wird er nicht ohne Bitterkeit ungerecht. Daß jenes leidenschaftlich-enthusiastische Wesen damals echt und ehrlich war, kann er nicht mehr verstehen und vergißt, daß jenes schöne halbe Jahr in der naturprächtigen, weinseligen Neckarstadt seine Jugend verklärte, manch Bild seines künftigen Schaffens erzeugte.

Erst diese Gesichtspunkte ermöglichen ein richtiges Verständnis der Schroffheit des Eichendorffschen Urteils, erst wenn man die zeitliche Distanz dieses Urteils mit all ihren Konsequenzen in Betracht zieht, — die Ereignisse werden zusammengeschoben, die Objektivität der Auffassung zugunsten der gegenwärtigen (greisenhaften) Anschauungen beeinträchtigt —, wird man den Wert der Studie „Halle und Heidelberg" als biographisch-sachliche Quelle richtig abschätzen. Die **wahre** Stimmung und Gesinnung des blutjungen Studiosen Eichendorff können uns nur die **gleichzeitigen** eigenen Aufzeichnungen und die der Freunde übermitteln, Tagebücher und poetische Niederschriften. —

Ein größeres handschriftliches Material macht das bisher angenommene Bild vom Heidelberger Aufenthalt der Eichendorffs und Loebens nicht nur schärfer: verschiebt es wesentlich. Ich habe die Tagebuchfragmente Josephs von Eichendorffs kombinieren können mit den genauen täglichen Aufzeichnungen Loebens und den noch viel ausführlicheren dessen vertrautesten Freundes Friedrich **Strauß**, des späteren Berliner Oberhofpredigers, dessen dithyrambischer Bericht über das Heidelberger Jahr zwei starke Bände füllt, — mit einer so unglaublich unleserlichen Schrift, als spiegle sie die aufgeregte Leidenschaft dieser Epoche. Auch Strauß, der sich den Namen **Dionysius** gewählt hatte, — und er war innerlichst verwandt mit dem begeisterungstrunknen Gotte —, auch er hat nach mehr als fünfzig Jahren in seinen autobiographischen „Abend-Glocken-Tönen" (Berlin 1868) des Jugendfreundes gedacht: mit Worten, die von der liebevollen Treue seines Gedächtnisses ebenso wie von der Ungetrübtheit seines Urteils ein schönes Zeugnis ablegen. Mit inniger Neigung, ja mit der Anerkennung dauernder Dankverpflichtung spricht er von dem weckenden und bereichernden Einfluß Loebens auf seine und seiner Genossen Lebensführung und Gesinnung. Wer sich auf Eichendorffs Altersbericht zu stützen geneigt ist, schenke gerechterweise auch dieser Stimme Gehör: „Man hätte den jungen Grafen Loeben den oberlausitzischen Ritter nennen können. Mir ist nie vornehme Erziehung und vornehmes Erzogensein, selbst in den höchsten Kreisen, in solcher Vollendung vorgekommen. Seine stattliche Persönlichkeit, mehr groß als klein, der reine, lautere, tief sich einsenkende Blick, der Ton der Stimme in großer Herzlichkeit, mit einem feinen Durchtönen des sächsischen Dialekts, und dann im ganzen die edle Haltung, nicht nachlässig und noch weniger gekünstelt. So sollte ein gräflicher Ritter in unserer Zeit sein! Das Frische und Unmittelbare seines Wesens, das Freundliche und Wohlwollende in seinem Benehmen, das Gefühl einer gewissen mit Demut bei ihm innig verbundenen Superiorität — du liebes Bild des Jünglings, der unwillkürlich seine Freunde hob, wie leicht kann ich an seine Verklärung glauben!" Und dieser Eindruck kann nur 1807/08 entstanden sein, denn nur noch ein- oder zweimal innerhalb der folgenden Jahre sahen sich die Jünglinge flüchtig, dann blieb der Verkehr auf immer seltner werdende Briefe beschränkt. — —

*   *   *

Die Ergebnisse des Vergleichs dieser zeitgenössischen Äußerungen seien kurz zusammengefaßt.*) Vor allem ist die Anschauung von einem „Verkehr" der Eichendorffs mit der Gruppe Görres, Arnim, Brentano hinfällig. Jeder zitiert jene berühmten Stellen aus „Halle und Heidelberg", die von der „ehrbaren, aber obskuren Kneipe am Schloßberg" reden, dem „Faulpelz", in dem Clemens und Achim, das seltsame Ehepaar, ihr Quartier aufgeschlagen hatten: in einem großen luftigen Saal, dessen sechs Fenster mit der Aussicht über Stadt und Land die herrlichsten Wandgemälde vorstellten... Die ganze Schilderung, die Hermann auch in die Biographie seines Vaters

---
*) Details und eine strikte Beweisführung sind in meiner Biographie Loebens (Berlin, B. Behr) auf S. 153 ff. (ferner 185 f., 29?) zu finden.

übernommen, klingt so eingeweiht, daß man auf den ersten Blick vermutet, bis jetzt auch überzeugt war, Eichendorff verdanke seine Kenntnisse und Vertrautheit mit den Lebensgewohnheiten der Görres-Gruppe — Brentano und Arnim tägliche Abendgäste des geistvollen Gelehrten — bewundernder Teilnahme an diesen Konvivien. In der Tat aber steht nicht ein Wort in seinem Bericht, das nicht mündliche Tradition während des Berliner Aufenthalts 1809/10 (und Verkehrs mit Brentano und Arnim) ihm übermittelt haben könnte; in der Tat besteht die größte Wahrscheinlichkeit dafür, daß er die „Dioskuren" in Heidelberg persönlich überhaupt nicht kennen gelernt habe. In der Tat wirkt und schafft neben der älteren Gruppe von einigermaßen gefestigtem, wenn auch begrenztem, Einfluß eine zweite jüngstromantische: Loeben und Strauß an ihrer Spitze, und im Gefolge neben Budde, Strauß' Landsmann und Freunde, („Astralis" in diesem Kreise genannt), dem Professor Michaelis, Morgenblatt-Redakteur und schwärmerischem Verehrer Loebens: die Brüder Eichendorff.

Strauß kannte sie aus Halle her, wenn auch nur oberflächlich; jedenfalls erwähnt sie sein Tagebuch am 19. Juni 1808 wie gute Bekannte — angekommen waren sie am 17. Mai, zwei Tage vor Loeben —. Erst am 15. November führt diesen der Zufall in Strauß' und Buddes Wohnung mit Joseph zusammen, von dem er den Eindruck eines „unendlich guten jungen Menschen" erhält. Eichendorff scheint damals noch die Ahnung seiner dichterischen Begabung mit einem dumpfen Drange erfüllt zu haben; noch beunruhigt ihn offenbar die mangelnde Gewißheit seiner künstlerischen Berufung: Loeben spricht bald nach der ersten Begegnung die Hoffnung aus, den „herzigen Menschen in seinem Kampf zwischen Poesie und Jurisprudenz zu beruhigen." Der Beginn dieser Freundschaft bedeutet für Strauß nichts Geringeres als einen Gnadenakt des Ingeniums gegenüber einem gewöhnlichen Sterblichen: Der Graf ließ sich zu dem guten Menschen herab, das ist etwa die Stimmung seiner gelegentlichen Notizen darüber. Man muß berücksichtigen, daß Loeben soeben seinen Roman „Guido" im Manuskript beendigt hat — die Verlagsurkunde haben er und Schwan & Goetz am 17. November unterzeichnet —, der Strauß und die andern Freunde in taumelndes Entzücken versetzte, den sie verehrten wie eine göttliche Offenbarung!

Josephs lakonisches Tagebuch charakterisiert Loeben als „poetische Natur in stiller Verklärung". Ihr Verkehr beschränkt sich zunächst auf längere gegenseitige Sonntagsbesuche, die rasch das Stadium herzlicher Vertraulichkeit erreichen. An den andern Tagen befolgen die Eichendorffs fleißig ihren umfänglichen

Arbeitsplan. Bald aber werden auch in der Woche gemeinsame Spaziergänge unternommen. Geradezu eine liebe Gewohnheit werden vom Anfang des Jahres 1808 an den Fünfen die Sonntags-Ausflüge. Über einen, am 24. Januar, ergeht sich auch Joseph etwas ausführlicher. Gerade ihn schildert Strauß als typisch: Nachmittags versammeln sich die Freunde bei Isidorus. Dann wandeln sie unter traulichen Gesprächen oder in paradoxen Wortgeflechten nach Rohrbach, wo sie im „Ochsen" ein eigenes Stübchen anheimelnd empfängt; man lagert sich um den wohlgeheizten Ofen und entzündet die Pfeifen; mit Sannchen, die den Kaffee bringt, wird ein Weilchen geschäkert. Dann wird der unterbrochene Disput wieder aufgenommen. „Über Bestialität" bemerkt Eichendorff kurz; Strauß erzählt, wie der eine der Barone mit seiner „Idee von Bestialisation der Humanität" herhalten muß. Es beginnt ein Geplauder hinüber und herüber „in leichtfertigen Worten, wo Isidorus und Dionysius exzellieren, die Barone aber blaues Wunder sehen, bis endlich der Gedanke kommt von der Aufführung des Donauweibchens." Sannchens Hilfe dabei ist nicht zu entbehren. So berichtet Strauß. Ferdinand Kauers höchst populäres Singspiel lockte die Freunde noch wiederholt zu Aufführungsversuchen. Bald ist wieder in Strauß' Tagebuch zu lesen: „Wir gingen nach unserm Rohrbach und spielten das Donauweibchen." An jenem Januar-Sonntage geht es abends in die Stadt zurück, während rings die Schneeebene in der Ferne die Rebenberge vom Abendrot verklärt werden. Burschenlieder kommen aus melodischer Brust, und die ganze Jugend wird wach."

Mit Sicherheit ist für 1808 ein fast tägliches Sehen und Sprechen der vier Freunde — Budde bleibt mehr im Hintergrunde — anzunehmen, denn nachweislich ist selbst im Verzeichnen stundenlanger Besuche jedes der drei Tagebücher lückenhaft; und solche erfolgen mindestens jeden dritten Tag. In der ganzen Zeit ist von einem „Verkehr" mit Brentano und Arnim nicht mit einem Wort die Rede. Loeben kann ihn aus dem einfachen Grunde nicht vermittelt haben, da er - nach seinem eigenen Tagebuchzeugnis — Arnim am 25. Januar 1810 in Berlin zum erstenmal spricht, Brentano kurz vorher bei Adam Müller kennen lernt. Eine sorglichere Erwägung der Notizen in Eichendorffs lakonisch-fragmentarischem Tagebuch hätte für die Brüder das gleiche Ergebnis erschließen können. Denn man berücksichtige die psychologischen Voraussetzungen gelegentlicher Bemerkungen Eichendorffs — und entsprechender Loebens —

— XIII —

sie seien Arnim oder den beiden Freunden auf Spaziergängen begegnet. Einmal beschreibt er ausführlich Arnims Kostüm, — Krüger zitiert die Stelle des Tagebuchs. Hätte wohl eine Zufallsbegegnung auf der Landstraße solchen Eindruck gemacht, wenn man sich näher gekannt hätte. Notiert man sich, wie ein Mensch, den man trifft, gekleidet ist, wenn man einigermaßen mit ihm vertraut ist?

Allenfalls könnte schließlich Görres zu flüchtiger, persönlicher Berührung Eichendorffs mit den Dioskuren gelegentlich vermittelt haben. Alle fünf waren seine Hörer, standen mit ihm in oberflächlich-freundlichem Verkehr. Ganz wenige Tage kämen in Betracht; so namentlich der 31. Januar 1808, von dem Eichendorff berichtet: „Nachmittags Isidorus bei uns. Den Abend mit ihm, Strauß und Budde in die Vesper bei den Franziskanern. Darauf alle zu Görres, wo auch dessen Frau und niedliche Schwester. **Gespräche in der tiefsten Dunkelheit.**" Diese Bemerkungen sind entsprechend ausgenutzt worden. Auch Strauß und Loeben heben das lange Sitzen in der Dämmerung hervor. Dennoch kann der Besuch kaum sehr ausgedehnt gewesen sein, denn die Freunde brachten noch „den ganzen Abend" bei Isidorus zu. Professor Crenzer kam zu Görres hin, wie Loeben berichtet; keiner erwähnt etwas von Arnim oder Brentano.

* * *

So bleiben die drei in stetem traulichen Verkehr, bis die Barone am 5. April nach Paris reisen; doch schon am 4. Mai sind sie wieder in Heidelberg angelangt. In der Woche bis zur gemeinsamen Abfahrt aus der Neckarstadt, bis zum 13. Mai, bringen sie täglich mehrere Stunden mit Loeben zusammen zu, den seine Iserlohner Freunde Strauß und Budde unterdessen verlassen haben. Dann fahren sie über Frankfurt durch den Spessart gemeinsam nach Nürnberg, wo sie sich trennen, — die Freunde, um Regensburg und Wien, Loeben um seine niederlausitzische Heimat zu erreichen. — —

Auch für die Heidelberger Zeit hat Giltigkeit, was Loeben dann über sein Berliner Zusammenleben mit den Brüdern Eichendorff aussprach: er danke ihnen den Zauber seines hiesigen Aufenthalts wie das Drama seinem Chor. — Seit dem Herbst 1809 weilte Loeben in Berlin und wohnte mit den beiden Eichendorffs, die seiner Einladung gefolgt waren, in demselben Hause. Zwischen dem untern Stockwerk, das er, und dem obern, das sie innehatten, bestand ein reger Verkehr. Leider war Joseph durch ein Nervenfieber viele Wochen lang ans Zimmer gefesselt, und erst im Februar 1810 besserte sich sein Zustand so, daß sie am 4. März abreisen konnten. „Mit tausend Tränen ließ ich sie fort aus meinen treuen Armen, und viele flossen ihnen nach", schreibt Loeben in sein Tagebuch . . .

So nahe führte von nun das Leben die Freunde nicht wieder zusammen; ernsthafter denn je wies es jeden in den Notjahren des deutschen Freiheitskampfes in seinen Bezirk. Die Worte treffen zu, mit denen Dionysius Heidelberg verließ: „Lebt wohl, meine Freunde! Die Jugend ist dahin, die Zeit der Akademie ist vorüber, schließt den Tempel. Das Fest ist aus!" Doch a l l m ä h l i ch divergieren die Lebenswege. Nach und nach nur wird den Jünglingen ihr Auseinanderstreben bewußt. Ein hochmütig-kühler, plötzlicher Abschied, wie ihn Hermann von Eichendorffs Biographie vermuten ließe, ist bestimmt n i ch t erfolgt. Ein andauernder freundlicher Briefwechsel bis wenigstens 1814 hat stattgefunden. Noch im Herbst dieses Jahres verwendet sich Loeben bei Fouqué für Eichendorffs Roman „Ahnung und Gegenwart", dessen Handschrift er „ganz entzückt" gelesen: „Florens' Roman ist eine Romanze des Frühlings, der ewig währt." Von einer Indignation Loebens über die scharfsatirische Schilderung einer (Berliner) Teegesellschaft, die seine eigene überschwängliche Weichheit und Begeisterungswut verspottete, ist nichts zu spüren. Im Gegenteil vermag ich aus einer gleichzeitigen seltnen Zeitschrift — Grote und Raßmanns „T h u s n e l d a" Nr. 43 vom 9. Juli 1816 — nachzuweisen, daß L. den Roman öffentlich empfahl und lobte: Da preist er in einem längeren Gedicht „Die drei Frühlingsblumen" mit den Dichtern Rottmanner (dem einstigen Landshuter) und Freudenfeld zusammen, auch F l o r e n s, den Verf. des unlängst erschienenen phantasie- und lebensreichen Romans „Ahnung und Gegenwart", wie er in einer Anmerkung sagt.

Seiner Gutgläubigkeit geht das Bewußtsein ganz ab, daß diese sattsam bekannten Parodien ihm gelten, auf seine Art Worte des jungen Eichendorff wie „sich selbst zerstörende Schwelgerei in Bildern" oder „feiner Firnis von Sanftmut" Bezug haben. — Auch ist trotz der bei Florens wach gewordenen Erkenntnis ihrer Wesensverschiedenheit auch nach 1814 die Verbindung nicht abgebrochen: noch sendet er Loeben für dessen früher geplanten, aber erst 1816 zustande gekommenen „Hesperiden" neue Beiträge, die aber nur bekräftigen, wieweit sich der einstigen Freunde Art geschieden hat. — — Es wird eins der Ergebnisse dieser Ausgabe sein, die Kenntnis der a l l m ä h l i ch e n Abkehr Josephs von den Ekstasen und der Begeisterung der Jugend zu fördern. Zahlreich sind die Varianten und ganzen Strophen, die dann 1837 unterdrückt wurden, bezeugend, wie-

— XV —

viel näher doch damals — und auch noch in dem Jahrfünft nach Heidelberg — sich die Anschauung und Gesinnung der Freunde standen, als es der Greis wahrhaben mochte. — (Der in meinen „Anmerkungen" unter Nr. 39 angeführte ist nur ein besonders typischer Beleg.) Nach und nach vollzieht sich — unter dem Druck der „schweren Not der Zeit" an dem viel stärker dem Realen zugewandten jungen Gutsherren jene Sinnesänderung, die von der Erkenntnis: Zu jung, des Lebens Ernste zu entsagen — kann ich nicht länger spielen nun und schweigen, hinführt zu der „Mahnung":

Entschließ dich, wie du kannst nun, doch das merke:
Wer in der Not nichts mag, als Lauten rühren,
Des Hand dereinst wächst mahnend aus dem Grabe.

Bis sein Zornausbruch „An die Meisten", die Schlaf mit plumper Pfote decke, denen die Ehre Zote sei, auch die „Poeten", die ihre „zarten" Sonette schallen lassen, mit hartem Worte trifft.

Und es hatte doch eine kurze Spanne Zeit gegeben, noch nicht ein halbes Jahr, da sie in einiger Begeisterung die gleiche Straße gezogen waren. Um 1808. Noch war der junge Student der Rechte nicht zur Selbständigkeit gelangt, noch konnte Loeben sich vornehmen, den neugewonnenen Freund in seinem Kampf zwischen Poesie und Jurisprudenz zu beruhigen: schüchtern überreicht Joseph zu Weihnachten 1807 Loeben „einige weiche Poesien". Erst das nächste Monat bringt eine intime Konfession gegen den älteren Freund und dessen „freudigen warmen Empfang". Gerade ist das erste Heft der neuen „Zeitschrift für Wissenschaft und Kunst" des Landshuter Professors Friedrich Ast ausgegeben: auf Loebens Rat und durch seine Vermittlung wird eine Anzahl Eichendorffscher Gedichte zu Ast gesendet und unter dem Dichternamen Florens, den Loeben ihm gegeben, veröffentlicht. Wie dieser wohlwollend aufgenommene Schritt in die Öffentlichkeit den Jüngling ermutigte, lehrt uns der Rückschau sein Briefentwurf an Ast, den der „Anhang" bringt. — Über die Abhängigkeit dieser frühesten Gedichte von Loeben habe ich in meiner Biographie dieses Romantikers gesprochen; neues Material werden die „Anmerkungen" erschließen. Hier sei nur hervorgehoben, daß auch der Bruder Wilhelm, musikalisch stärker als dichterisch begabt, völlig im Banne des Freundes und „Meisters" steht, wie das Viertelhundert seiner Versuche beweist, ohne daß zwar seine Phantasie so braust und strudelt wie die des jüngern Bruders. In den „Aurikeln der Chézy" (Berlin 1818) S. 227f steht ein vierstrophiges Gedicht von ihm, „Geheimer Wunsch", das beginnt:

— XVI —

> Mich entzückt das Frühlingswehen
> In des Sommers Morgenluft — — —

und recht eindringlich macht, daß er wohl eine poetische Natur, aber kein Bildner, kein Künstler war. Bang schlägt sein Herz „bei des Liedes Zauberklang", doch er selbst meistert Zauberklänge nicht. — Bis 1813 waren die Brüder unzertrennlich; dann, als Joseph die Waffen ergriff, trat Wilhelm in den östreichischen Staatsdienst ein, — ein Plan, an dessen Verwirklichung ja auch den Jüngern nur der Krieg gehindert hat, denn die große Staatsprüfung in Wien hatten beide bereits mit Auszeichnung bestanden. Bis 1848, ein Jahr vor seinem Tode, war er dann Kreishauptmann in Trient, so daß die Brüder sich nur selten sahen, — zu ihrem tiefen Schmerz — für den ein schönes Zeugnis die als Nr. 190 diese Sammlung abschließende poetische Epistel Wilhelms an Joseph ist.

* * *

Mit ihr ist die zeitliche Grenze dieser Ausgabe allerdings erheblich überschritten, denn sie schließt ab mit dem Beginn des Befreiungskrieges, an dem der tapfere Baron teilnimmt. Da ist er reif. Seine „Jugend" läßt er hinter sich; die grelle Wirklichkeit der Kriegszeiten hat ihn zum Mann gemacht. Der Herausgeber der „Jugendgedichte" hat bis zu dem Punkte vorzugehen, da die eigene Natur des Dichters gekräftigt und bestimmt in seinem Handeln sich auswirkt, in seiner Dichtung sich darstellt. Dieser Zeitpunkt scheint mir um 1813 für Joseph gekommen. — —

Die Gedichte selbst, über deren textliche Behandlung die „Anmerkungen" aufklären, werden, nach Möglichkeit chronologisch geordnet, in fortlaufender Reihe wiedergegeben, ohne die Eichendorffsche Abteilung in „Wanderlieder", „Sängerleben", „Zeitlieder", „Frühling und Liebe" zu berücksichtigen: ihre Quintessenz stellt die „Jugenddichtung" Eichendorffs dar.

R. P.

1807.

1.
Beim Erwachen.
An M. H.

Tiefer ins Morgenrot versinken die Sterne alle,
Fern nur aus Träumen dämmert dein Bild noch vorüber,
Und weinender tauch' ich aus seeliger Flut. —
Aber im Herzen tief bewahr' ich die lieben Züge,
Trage sie schweigend durch des Tages Gewühle
Bis wieder zur stillen träumenden Nacht. —

2.
Stammbuchblatt für M. H.
Akrostichon mit aufgegebenen Endreimen.

Ist hell der Himmel, heiter alle Wellen,
Betritt der Schiffer wieder seine Wogen,
Vorüber Wald und Berge schnell geflogen,
Er muß, wohin die vollen Segel schwellen.
In Duft versinken bald all liebe Stellen,
Cypressen nur noch ragen aus den Wogen,
Herüber kommt manch süßer Laut geflogen,
Es trinkt das Meer der Klagen sanfte Quellen?
Nichts weilt. — Doch zaubern Treue und Verlangen,
Da muß sich blüh'nder alte Zeit erneuern,
Öffnet die Ferne drauf die Wunderlichtung,
Ruht dein Bild drin, bekränzt in heil'ger Dichtung. —
Fern laß den Freund nach Ost und West nur steuern,
Frei scheint er wohl — Du hältst ihn doch gefangen!

3.
Es waren zwei junge Grafen.

Es waren zwei junge Grafen
Verliebt bis in den Tod,
Die konnten nicht ruhen noch schlafen
Bis an den Morgen rot.

O, trau den zwei Gesellen,
Mein Liebchen, nimmermehr;
Die gehn wie Wind und Wellen,
Gott weiß: wohin, woher.

Wir grüßen Land und Sterne
Mit wunderbarem Klang,
Und wer uns spürt von ferne,
Dem wird so wohl und bang.

Wir haben wohl hienieden
Kein Haus an keinem Ort;
Es reisen die Gedanken
Zur Heimat ewig fort.

Wie eines Stromes Dringen
Geht unser Lebenslauf;
Gesanges Macht und Ringen
Tut helle Augen auf.

Und Ufer, Wolkenflügel,
Die Liebe hoch und mild, —
Es wird in diesem Spiegel
Die ganze Welt zum Bild.

Dich rührt die frische Helle;
Das Rauschen heimlich, kühl,
Das lockt dich zu der Welle,
Weil's draußen leer und schwül.

Doch wolle nie dir halten
Der Bilder Wunder fest;
Tot wird ihr freies Walten,
Hältst du es weltlich fest.

Kein Bett darf er hier finden;
Wohl in den Thälern schön,
Siehst du sein Gold sich winden,
Dann plötzlich meerwärts drehn.

1808.

4.
Antwort.
An H. Gf. v. Loeben.

Demüthig kniet' ich vor der Jungfrau Bilde,
   Erflehend nur ein einzig Liebes=Zeichen,
   Das nicht in Angst und Pein möcht' von mir weichen.
Sie gab mir — Muth und Andacht milde.

Nun drängt ein Schmerz mich süß und sanft und wilde,
   Daß ich mit ihrer Wunder Himmelreichen,
   Die weiter als mein ird'sches Leben reichen,
Wie ich sie himmlisch schau', die Schöne bilde.

Mir fehlen Töne noch und Himmels=Frieden;
   Dir ward Erfüllung frühe schon beschieden,
   Dein Himmel ist, wo zauberte dein Beten.

Hast Du den höchsten Wunsch mir nun genommen,
   Werd' ich demuthsvoll wieder vor Dich treten;
   Eins sein mit Dir, kann nur allein mir frommen.

5.
An Isidorus Orientalis
zu den Sonetten an Novalis.

Erwartung wob sich grün um alle Herzen
   Als wir die blaue Blume sahen glühen,
   Das Morgenroth aus langen Nächten blühen, —
Da zog Maria ihn zu ihrem Herzen.

Die Treuen schloßen sich in tausend Schmerzen,
   Erfüllung betend wolt'n sie ewig knieen:
   Da sahn sie neuen Glanz die Blumen sprühen,
Ein Kind stieg licht aus ihrem duft'gen Herzen. —

Solch' Blühen muß der Erde Mark durchdringen,
In Flammen alle Farben jauchzend schwingen,
Ein Gotterklungner unermeßner Brand!

Wie ruft es mich! — Reich' fester mir die Hand —
Hinunter in den Opfertod zu springen!
Du wirst uns all' dem Vater wiederbringen! —

6.
An J — —

Von trüber Bangnis war ich so befangen,
Da sprach Waldhorn zu mir aus grünen Weiten:
Mir nach! Durch unbekannte Lande schreiten! —
Rief immer fern und fern, konnt's nie erlangen.

Wo führst mich endlich hin? sprach ich voll Bangen,
Weit Freund' und Welt von diesen Einsamkeiten!
Da klang es fern und nah wie alte Zeiten,
Dich sah ich fröhlich stehn am Bergeshange.

Und unten lag ein weites Land, so helle
War aufgethan die ew'ge Farben=Quelle,
Nach Osten sah man fromme Pilger ziehen.

So nimm nur alles, was ich lieb' und habe,
Gern laß' ich ja die Welt und ihre Gabe,
Mit dir nur, Retter, will ich ewig ziehen!

7—8.
An H. Grafen von Loeben.

1.

Die Klugen, die nach uns nicht wollten fragen,
  Den heil'gen Kampf gern irrdisch möchten schlichten,
  Zum Tod' kein Herz, nicht Lieb' sich aufzurichten,
  Verzehren sich nun selbst in eitlen Klagen.

Sind alle eure Schiffe denn zerschlagen:
  Sieht man die heil'ge Flagge Dich aufrichten,
  Von Liebessturm, der jene mußt' vernichten,
  Dein junges Schiff siegreich hinweggetragen.

Südwinde spielen blau um Laut' und Loken,
  Im Morgenroth des Hutes Federn schwanken,
  Und Gottes Athem macht die Segel schwellen.

Wen noch aus alter Zeit die Gloken loken,
  Dem füllt der Segel wie der Töne Schwellen
  Die Brust mit jungen ewigen Gedanken.

2.

Wir sind so tief betrübt, wenn wir auch scherzen,
  Die armen Menschen mühn sich ab und reisen,
  Die Welt zieht ernst und streng in ihren Gleisen,
  Ein feuchter Wind verlöscht die lust'gen Kerzen.

Du hast so schöne Worte tief im Herzen,
  Du weißt so wunderbare alte Weisen,
  Und wie die Stern' am Firmamente kreisen,
  Ziehn durch die Brust Dir ewig Lust und Schmerzen.

So laß Dein' Stimme hell im Wald erscheinen!
  Das Waldhorn fromm wird auf und nieder wehen,
  Die Wasser gehn und einsam Rehe weiden.

Wir wollen stille sitzen und nicht weinen,
  Wir wollen in den Rhein hinuntersehen,
  Und, wird es finster, nicht von sammen scheiden.

9.
In Budde's Stammbuch).

Es ist ein innig Ringen, Blühn und Sproßen,
  Und träumend Rauschen tief in allen Zweigen,
  Vor großer Wonne wieder seelig' Schweigen,
  Und klarer Liebesglanz drum ausgegoßen.

Zwey Kindlein ruhn im Glantze, eng umschloßen,
  Und goldne Vöglein in den grünen Zweigen,
  Und Engel singend auf und nieder steigen —
  So ist des Lenzes innerst Herz erschloßen.

Wer wollt' nicht schlummern in der Blume mitten inne? —
  Ein Kuß wekt dich von unsichtbarem Munde,
  Da ist zu duft'gem Land die Blum' zerronnen.

Und Lieder rufen aus dem blühn'den Grunde,
  Hat Fabel drum ihr magisch Netz gesponnen —
  Das ist das alte ew'ge Reich der Minne.

10.
Der Lenz mit Klang und rothen Blumenmunden...

Der Lenz mit Klang und rothen Blumenmunden,
  Holdsel'ge Pracht! wird bleich in Wald und Aue;
  Tonlos schweift' ich damals durchs heitre Blaue,
  Hatt' nicht das Glühn im Tiefsten noch empfunden.

Da sprach Waldhorn von überseel'gen Stunden,
  Und wie ich muthig in die Klänge schaue,
  Reit't aus dem Wald die wunderschöne Fraue,
  O! Niederknie'n, erst's Aufblühn ewiger Wunden!

Zu weilen, fortzuziehn, schien Sie zu zagen,
  Verträumt blühten in's Grün der Augen Scheine,
  Der Wald schien schnell zu wachsen mit Gefunkel.

Aus meiner Brust quoll ein unendlich Fragen,
  Da blizten noch einmal die Edelsteine,
  Und um den Zauber schlug das grüne Dunkel.

11.
Aussichten.

Es will der Morgen sich von weitem zeigen,
  Das dunkle Meer im Innern still erglühen,
  Erwartungsvoll die reinen Segel blühen,
  Doch dekt noch all' geheimnißvolles Schweigen.

Wird erst die Sonne auf die Berge steigen,
  Gewaltig Licht in alle Lande blühen,
  Sieht man ein frei Geschlecht nach Angst und Mühen
  In stolzer Demuth fromm die Kniee beugen.

Unendlich' Wunderfernen sind gelichtet,
  Unzählig Lieder himmelwärts auflangen,
  Daß treue Liebe Gegenlieb' erreiche. —

Wer frei gebohren, ist schon längst geflüchtet,
  Die andern faßt ein unaussprechlich Bangen,
  Der Sieger zieht zum alten ew'gen Reiche.

12—13.
Angedenken.

1.

Sie band die Augen mir an jenen Bäumen;
  Geh' schöner Binder! sagt' Sie dabey sachte,
  Wußt' nicht, wie Wunden süß dies Flüstern brachte
  Und stieß mich in des Spieles wogend Schäumen.

Nun in der Augen Nacht quoll blühend Träumen,
  Der Mienen Huld, wie Zauberblum'n, erwachte,
  Da endt' das Spiel — in's Aug' Licht wieder lachte,
  Doch stehend träumt' ich fort von jenen Träumen.

So stand ich unter holden Farbenbogen,
  Und wie mein ganzes Leben schwellend blühte,
  Dankt' ich dem Frühling solch' zaubrisch Verschönen.

Noch blüht der Lenz, doch Sie ist fortgezogen,
  Nun weiß ich, daß nur Sie den Lenz beglühte,
  Und einsam traur' ich in den Stralen, Tönen.

2.

Wie wenn aus Tänzen, die sich lokend drehten,
  Von müder Augen süßen Himmelsträumen,
  Daß nun Gewährung nicht wollt' länger säumen,
  Verrathend die schamhaften Schleier wehten,

Ein einz'ger in die Nacht hinausgetreten,
  Schauend wie draußen Land und Seen träumen,
  Die Töne noch verklingen in den Bäumen,
  An's Herz nun schwellend tritt einsames Beten:

Also, seit Du erhörend mich verlaßen,
  Grüßt mich Musik und Glänzen nur von ferne,
  Wie Tauben, Botschaft bring'nd durch blaue Lüfte.

Nacht legt sich um die Augen hold, die naßen,
  Als Blume sprieß' ich in die Klänge, Sterne,
  Der goldnen Ferne hauchend alle Düfte.

14.
Der Schiffer.

Du schönste Wunderblume süßer Frauen!
  Ein Meer bist Du, wo Flut und Himmel laden,
  Fröhlich zu binden von des Grüns Gestaden
Der Wünsche blühn'de Seegel voll Vertrauen.

So schiffend nun auf stillerblühten Auen,
  In Lokennacht, wo Blike zaubrisch laden,
  Des Mund's Korall'n in weißem Glanze baden,
Wen füllt' mit süßem Schauer nicht solch Schauen!

Viel hab' ich von Syrenen sagen hören,
  Stimmen, die aus dem Abgrund lokend schallen
  Und Schiff und Schiffer ziehn zum kühlen Tode.

Ich muß dem Zauber ew'ge Treue schwören,
  Und Ruder, Seegel laß' ich gerne fallen,
  Denn schönres Leben blüht aus solchem Tode.

15.
Der arme Blondel.

  Wie sie in den Blumentagen,
  Über mir mit rothem Munde,
  Daß die Locken mich umwunden,
  Mich verführt aus Hertzensgrunde,
  Wollt' es immer, konnt's nie sagen!
  Fortgezoh'n ist nun die Eine,
  Weine, armer (Blondel), weine!

  Nachts die Berge stille stehen,
  Ferne Schlößer, Strom und Bäume
  Sahn mich seltsam an, wie Träume.
  Drüber Wolken schnelle gehen,
  Fest am Hertzen steht die Eine,
  Weine, armer (Blondel), weine!

16.
Madrigal.

O Strom auf morgenrothen Matten!
  Rubin, Smaragden deine Wellen,
    Dann in des blauen Mittags schwülen Schatten,

Rauschend in Abendglanz versunken,
Bis du der Nächte Licht getrunken,
So muß mein Leben rastlos quellen,
Sich selber lauschend oft das seel'ge Herze,
O Liebe süß, o Lust im Schmerze!

17—26.
Jugendandacht.
(Kanzone.)
I.

Daß der verlornen Heimat es gedächte,
  Schlugen ans Herz des Frühlings linde Wellen,
Wie ew'ger Wonnen schüchternes Vermuthen.
Geheimer Glanz der lauen Sommernächte!
Du grüner Wald! Verführend Lied der Quellen!
Des Morgens Pracht, stillblüh'nde Abendgluthen,
Fragend: wo Lust und Schmerz so lange ruhten,
Das Herz süß zu verdunkeln und zu hellen?
Wie thut ihr zaubrisch auf die alten Wunden,
  Daß sie, nun losgebunden, in die Schimmer bluten!

O! seelge Zeit der vor'gen Himmelsbläue,
  Der ersten Andacht, solch' inbrünstger Liebe,
Die ewig wollte knieen vor der Einen!
Demüthig in der Glorie des Maie,
Hob sie den Schleier oft, daß offen bliebe
Der Augen Himm'l, die Auen zu bescheinen.
Da durft' das junge Herz noch endlos weinen,
Spielen im Himmelsglanz die grünen Triebe,
Vor großer Wonne mußt' ich damals klagen
Von andern Tagen ew'ger Treu und Liebespeinen.

Wie damals blühte jetzt der Morgen ferne,
  Ein Strom zog hin, drauf schwebt ein goldner Nachen.
Nicht trügrisch waren wohl und wahngebohren
Die Worte, da nun Fels, Strom, Bäum' und Sterne
Also ihr tiefes nächtlich Schweigen brachen:
So einsam fühlt das Herz sich und verloren,
Sieht sich's vor Andren zauberhaft erkoren,

Von ird'scher Luft zu Himmelsschmerz erwachen.
So wirf von dir das Zagen und das Mühen!
Die Seegel blähen nach den offnen Stralenthoren!

„So nimm mich, Strom! Ich mag nicht länger säumen!"
Ein Adler schweifte oben durch die Lüfte,
Wie schlug sein Flug ans Herz mir lokend wilde!
Und wie die Gluten um die Brust ihm bäumen,
Er trunken singt zum Morgenbrand der Düfte,
Trat funkelnd die Sonne über die Gefilde,
In Duft zerrannen beide Ufer milde
Und wortreich Schweigen wandelt' durch die Lüfte.
Erschrocken kniet' ich nieder auf den Wellen
Vor des Meers hellem geheimnißvollem Bilde.

Aber die Nacht mit ihren Wunder=Reichen,
  Wie ich so kniet', große Gebet' im Herzen,
Blieb' heilig stehn in meinem innr'sten Weesen,
Da kann ich lesen still die sicherführ'nden Zeichen!

II.
(Gebeth.)

Wie in einer Blume himmelblauen
Grund, wo schlummernd träumen stille Regenbogen,
Ist mein Leben ein unendlich Schauen,
Klar durch's ganze Herz ein süßes Bild gezogen.

Stille saß ich, sah die Jahre fliegen,
Bin im Innersten dein treues Kind geblieben;
Aus dem duft'gen Kelche aufgestiegen
Ach! wenn lohnst Du endlich auch mein treues Lieben?

Morgenroth im Herzen aufgegangen
In den Morgen goldner Quellen strahlend Springen,
Zwischendrein das alte Zagen, Bangen —
O! so löse löse doch die Schwingen! —

III.

Was wollen mir vertrau'n die blauen Weiten,
  Des Landes Glanz, die Wirrung süßer Lieder,
Mir ist so wohl, so bang! Seid ihr es wieder,
Der frommen Kindheit stille Blumenzeiten?

Wohl weiß ich's, — dieser Farben heimlich Breiten
Deckt einer Jungfrau strahlend reine Glieder;
Es wogt der große Schleier auf und nieder,
Sie schlummert drunten fort seit Ewigkeiten.

Mir ist in solchen linden blauen Tagen,
Als müßten alle Farben auferstehen,
Aus blauer Fern' sie endlich zu mir gehen.

So wart' ich still, schau in den Frühling milde,
Das ganze Herz weint nach dem süßen Bilde,
Vor Freud', vor Schmerz? — ich weiß es nicht zu sagen.

IV.
(An Maria.)

Viel Lenze waren lange schon vergangen,
Vorüber zogen wunderbare Lieder,
Die Sterne gingen ewig auf und nieder,
Die selbst vor großer Sehnsucht golden klangen.

Und wie so tausend Stimmen ferne sangen,
Als riefen mich von hinnen sel'ge Brüder,
Fühlt ich die alten Schmerzen immer wieder,
Seit deine Blicke, Jungfrau, mich bezwangen.

Da war's, als ob sich still dein Auge hübe;
Langt'st sehnsuchtsvoll nach mir mit offnen Armen,
Fühlt'st selbst die Schmerzen, die du mir gegeben.

Umfangen fühl' ich innigst mich erwarmen,
Berührt mit goldnen Strahlen mich das Leben;
Ach, daß ich ewig dir am Herzen bliebe!

V.

Wenn Lenzesstrahlen golden niederrinnen,
Sieht man die Schaaren losgebunden ziehen,
Im Waldrevier, dem neu der Schmuk geliehen,
Die lust'ge Jagd nach Lieb' und Scherz beginnen.

Den Sänger will der Frühling gar umspinnen,
Daß der Beliebteste nicht möcht' entfliehen,

Fühlt er ein Lied durch alle Farben ziehen,
Das ihn so ewig lokend ruft von hinnen.

Gefangen so sitzt er viel sel'ge Jahre;
Des Einsamen spottet des Pöbels Scherzen,
Der aller Glorie möcht' die Lieb' entkleiden.

Doch fröhlich grüßt Er alle, wie sie fahren,
Und muthig sagt er zu den süßen Schmerzen:
„Gern sterb' ich bald, wollt ihr von mir je scheiden!"

VI.

Wenn frisch die bunten Frühlings=Schleier wallen,
Weit in das Land die Lerchen mich verführen,
Da kann ich's tief im Herzen wieder spüren,
Wie mich die Eine liebt und ruft vor allen.

Wenn Nachtigall'n aus grünen Hallen schallen,
Wen möchten nicht die tiefen Töne rühren?
Wen nicht das süße Herzeleid verführen,
Im Liebesschlagen todt vom Baum zu fallen? —

So sag' auch ich bei jedem Frühlingsglanze:
Du süße Laute! laß uns beide sterben,
Beklagt vom Widerhalle zarter Töne,

Kann unser Lied uns nicht den Lohn erwerben,
Daß auch mit eignem, frischem Blumenkranze
Uns kröne endlich nun die Wunderschöne! —

VII.

Der Schäfer spricht, wenn er frühmorgens weidet:
„Dort drüben wohnt Sie hinter Berg und Flüssen!"
Doch seine Wunden heilt Sie gern mit Küssen,
Wann Lauschen, Licht und Tag vom Thale scheidet.

Ob neu der Morgenschmuk die Erde kleidet,
Ob Nachtigallen Nacht und Stern' begrüßen,
Stets fern und nah bleibt meine Lieb' der Süßen,
Die in dem Lenz mich ewig sucht und meidet.

Doch hör' ich wunderbare Stimmen sprechen:
„Die Perlen, so geweint dein treuer Schmerze,
Sie wird sie zierlich all' zusammenbinden,

Mit eigner Kette so dich süß umwinden,
  Hinaufzuziehn an Mund und blühend Herze —
Was Himmel schloß, mag nicht der Himmel brechen.

VIII.

Wenn du am Felsenhange standst alleine,
  Unten im Walde Vögel seltsam sangen
  Und Hörner aus der Ferne irrend klangen,
Als ob die Heimat drüben nach dir weine:

War's niemals da, als rief die eine, deine?
  Lockt dich kein Weh, kein brünstiges Verlangen
  Nach andrer Zeit, die lange schon vergangen,
Auf ewig einzugehn in grüne Scheine?

Gebirge dunkelblau steigt aus der Ferne,
  Und von den Gipfeln führt des Bundes Bogen
Als Brücke weit in unbekannte Lande.

Geheimnisvoll gehn oben goldne Sterne,
  Unten erbraust viel Land in dunklen Wogen —
Was zögerst du am unbekannten Rande?

IX.

Es wendet zürnend sich von mir die Eine,
  Versenkt die Ferne mit den Wunderlichtern,
  Es stockt der Tanz — ich stehe plötzlich nüchtern,
Musik läßt treulos mich so ganz alleine.

Da spricht der Abgrund dunkel: Bist nun meine;
  Zieht mich hinab an bleiernen Gewichtern,
  Sieht stumm mich an aus steinernen Gesichtern,
Das Herz wird selber zum krystallnen Steine.

Dann ist's, als ob es dürstend Schmerzen sauge
  Aus lang vergess'ner Zeit Erinnerungen,
  Und kann sich rühren nicht, von Frost bezwungen.

Versteinert schweigen muß der Wehmuth Welle,
  Wie willig auch, schmölz' ihn ein wärmend Auge,
  Krystall zerfließen wollt' als Thränenquelle.

X.

Durchs Leben schleichen feindlich fremde Stunden,
  Wo Ängsten aus der Brust hinunterlauschen,
  Verworrne Worte mit dem Abgrund tauschen,
Drin bodenlose Nacht nur ward erfunden.

So ist des Dichters Seele stumm verbunden
  Mit Mächten, die am Volk' vorüberrauschen,
  Daß Sehnsucht wachse an der Tiefe Rauschen,
Im Tageslicht zu wandeln und gesunden.

O Herr! du kennst allein den treuen Willen,
  Befrei' ihn von der Finsterniß des Bösen,
  Laß nicht die eigne Brust mich feig zerschlagen!

Und wie ich schreibe hier, den Schmerz zu stillen,
  Fühl' ich den Engel schon die Riegel lösen,
  Und kann vor Glänzung nicht mehr weiter klagen.

27—30.
Sehnsucht.

1.

Vöglein in den sonn'gen Tagen!
Augen blau', die mich verführen!
Könnt' ich bunte Flügel rühren,
Über Berg und Thal zu tragen!

Ach! es spricht der Frühling schöne,
Und die Vögel alle singen:
Sind die Farben denn nicht Töne,
Und die Töne blaue Schwingen?

Vöglein, ja, ich laß' das Zagen!
Winde blau die Segel rühren,
Und ich laß mich gern entführen,
Ach! wohin? mag ich nicht fragen.

2.

Ach! wie ist es doch gekommen,
Daß die grüne Waldespracht
So mein ganzes Herz genommen,
Mich um alle Ruh' gebracht!

Wenn von drüben Lieder wehen,
Waldhorn gar nicht enden will,
Weiß ich nicht, wie mir geschehen,
Und im Herzen bet' ich still.

Könnt' ich zu den Wäldern flüchten,
Mit dem Grün in frischer Lust
Mich zum Himmelsglanz aufrichten —
Stark und frei wär' da die Brust!

Hörnerklang und Lieder kämen
Nicht so schmerzlich an mein Herz,
Fröhlich wollt' ich Abschied nehmen,
Zög' auf ewig wälderwärts.

Waldhornklänge, funkelnd Bläue
Alte Wunder, schaurig Grün!
Breitet um mein Leben treue
Ewig euer Baldachin!

3.

Wenn die Klänge nahn und fliehen
In den Wogen süßer Lust,
Ach! nach tiefern Melodieen
Sehnt sich einsam oft die Brust.

Wenn auf Bergen blüht die Frühe,
Wieder buntbewegt die Straßen,
Freut sich alles, wie es glühe,
Himmelwärts die Erde blühe:
Einer doch muß tief erblassen,
Goldne Träume, Sternenlust
Wollten ewig ihn nicht lassen —
Sehnt sich einsam oft die Brust.

Und aus solcher Schmerzen Schwellen,
Was so lange dürstend rang,
Will ans Licht nun rastlos quellen,
Stürzend mit den Wasserfällen,
Himmelstäubend, jubelnd, bang,
Nach der Ferne sanft zu ziehen,
Wo so himmlisch Rufen sang,
Ach! nach tiefern Melodieen.

Blüten licht nun, Blüten drängen,
Daß er möcht' vor Glanz erblinden;
In den dunklen Zaubergängen,
Von den eigenen Gesängen

Hold gelockt, kann er nicht finden
Aus dem Labyrinth der Brust.
Alles, alles will's verkünden
In den Wogen süßer Lust.

Doch durch dieses Rauschen wieder
Hört er heimlich Stimmen ziehen,
Wie ein Fall verlorner Lieder,
Und er schaut betroffen nieder:
„Wenn die Klänge nahn und fliehen
In den Wogen süßer Lust,
Ach! nach tiefern Melodieen
Sehnt sich einsam oft die Brust!"

4.
Ewig's Träumen von den Fernen!
Endlich ist das Herz erwacht
Unter Blumen, Klang und Sternen
In der dunkelgrünen Nacht.

Schlummernd unter blauen Wellen
Ruht der Knabe unbewußt,
Engel ziehen durch die Brust;
Oben hört er in den Wellen
Ein unendlich Wort zerrinnen,
Und das Herze weint und lacht,
Doch er kann sich nicht besinnen
In der dunkelgrünen Nacht.

Und der Frühling will sich bläuen,
Aus der Grüne, aus dem Schein
Ruft es lockend: Ewig Dein! —
Aus der Minne Zaubereien
Muß er sehnen sich nach Fernen,
Denkend der alten Wunderpracht,
Unter Blumen, Klang und Sternen
In der dunkelgrünen Nacht.

Heil'ger Kampf nach langem Säumen,
Wenn süßschaudernd an das Licht
Lieb' in dunkle Klagen bricht!
Aus der Schmerzen Sturz und Schäumen

Steigt Geliebte, Himmel, Fernen,
Endlich ist das Herz erwacht
Unter Blumen, Klang und Sternen
In der dunkelgrünen Nacht.

Und der Streit muß sich versöhnen,
Und die Wonne und den Schmerz
Muß er ewig himmelwärts
Schlagen nun in vollen Tönen:
Ewig's Träumen von den Fernen!
Endlich ist das Herz erwacht
Unter Blumen, Klang und Sternen
In der dunkelgrünen Nacht.

31.
Rettung.

Ich spielt' ein frohes Kind im Morgenscheine,
 Der Frühling schlug die Augen auf so helle,
 Hinunter reisten Ström' und Wolken schnelle,
Ich streckt' die Arme nach ins Blaue, Reine.

Noch wußt' ich's selbst nicht, was das alles meine:
 Die Lerch', der Wald, der Lüfte blaue Welle,
 Und träumend stand ich an des Frühlings Schwelle,
Von fern rief's immer fort: Ich bin die Deine!

Da kam ein alter Mann gegangen,
Mit hohlen Augen und bleichen Wangen,
Er schlich gebogen und schien so krank;
Ich grüßt' ihn schön, doch für den Dank
Faßt er mich tückisch schnell von hinten,
Schlang um die Arme mir dreifache Binden,
Und wie ich rang und um Hilfe rief,
Geschwind noch ein andrer zum Alten lief,
Und von allen Seiten kamen Menschen gelaufen,
Ein dunkelverworr'ner, trübseliger Haufen.
Die drängten mich gar tückisch in ihre Mitte,
Führten durchs Land mich mit eiligem Schritte.
Wie wandt' ich sehnend oft mich zurücke!
Die Heimat schickte mir Abschiedsblicke;

Die Büsche langten nach mir mit grünen Armen,
Es schrieen alle Böglein recht zum Erbarmen.
Doch die Alten hörten nicht die fernen Lieder,
Summten düstere Worte nur hin und wieder,
Führten mich endlich in ein altes Haus,
Da wogt' es unten in Nacht und Graus,
Da war ein Hämmern, ein Schachern und Rumoren,
Als hätte das Chaos noch nicht ausgegohren.
Hier hielt der Alte würdig und breit:
Mein Sohn, sprach er zu mir, das ist die Nützlichkeit;
Die haben wir so zum gemeinen Besten erfunden.
Das betrachte hübsch fleißig und sei gescheit. —
So ließen sie mich Armen allein und gebunden.

  Da schaut' ich weinend aus meinem Kerker
Hinaus in das Leben durch düstern Erker,
Und unten sah ich den Lenz sich breiten,
Blühende Träume über die Berge schreiten,
Darüber die blauen, unendlichen Weiten.
Durchs farbige Land auf blauen Flüssen
Zogen bunte Schifflein, die wollten mich grüßen.
Vorüber kamen die Wolken gezogen,
Vorüber singende Böglein geflogen;
Es wollt' der große Zug mich nicht fassen,
Ach, Menschen, wann werd't ihr mich wieder hinunter lassen!
Und im dunkelgrünen Walde munter
Schallte die Jagd hinauf und hinunter,
Eine Jungfrau zu Roß und blitzende Reiter —
Über die Berge immer weiter und weiter
Rief Waldhorn immerfort dazwischen:
Mir nach in den Wald, den frischen!

Ach! weiß denn niemand, niemand um mein Trauern?
  Wie alle Fernen mir prophetisch singen
    Von meinem künft'gen wundervollen Leben!

Von innen fühlt' ich blaue Schwingen ringen,
  Die Hände konnt' ich innigst betend heben —
    Da sprengt' ein großer Klang so Band wie Mauern.

Da ward ich im innersten Herzen so munter,
Schwindelten alle Sinne in den Lenz hinunter,
Weit waren kleinliche Mühen und Sorgen,
Ich sprang hinaus in den farbigen Morgen.

32—37.
Der Dichter.

1.

So viele Quellen von den Bergen rauschen,
  Die brechen zornig aus der Felsenhalle,
  Die andern plaudern in melod'schem Falle
Mit Nymphen, die im Grün vertraulich lauschen.

Doch wie sie irrend auch die Bahn vertauschen,
  Sie treffen endlich doch zusammen alle,
  Ein Strom, mit brüderlicher Wogen Schwalle
Erfrischend durch das schöne Land zu rauschen.

An Burgen, die von Felsen einsam grollen,
  Aus Waldesdunkel, zwischen Rebenhügeln
  Vorübergleitend in die duft'ge Ferne,

Entwandelt er zum Meer, dem wundervollen,
  Wo träumend sich die sel'gen Inseln spiegeln
  Und auf den Fluten ruhn die ew'gen Sterne.

2.

So eitel künstlich haben sie verwoben
  Die Kunst, die selber sie nicht gläubig achten,
  Daß sie die Sünd' in diese Unschuld brachten:
Wer unterscheidet, was noch stammt von oben?

Und wer mag würdig jene Reinen loben,
  Die in der Zeit hochmüt'gem Trieb und Trachten
  Die heil'ge Flamme treu in sich bewachten,
Aus ihr die alte Schönheit neu erhoben!

O Herr! gieb Demut denen, die da irren,
  Daß, wenn einst ihre Künst' zu schanden werden,
  Sie thöricht nicht den Gott in sich verfluchen!

Begeisterung, was falsch ist, zu entwirren,
 Und Freudigkeit, wo's öde wird auf Erden,
 Verleihe denen, die dich redlich suchen!

3.
(In Strauß' Stammbuch.)

Ein Wunderland ist oben aufgeschlagen,
 Wo goldne Ströme gehn und dunkel schallen,
 Und durch das Rauschen tief' Gesänge hallen,
 Die möchten gern ein hohes Wort uns sagen.

Viel goldne Brücken sind dort kühn geschlagen,
 Und drüber alte Brüder sinnend wallen —
 Und seltsam' Töne oft herunter fallen —
 Da will tief' Sehnen uns von hinnen tragen.

Wen einmal so berührt die heil'gen Lieder,
 Sein Leben taucht in die Musik der Sterne,
 Ein ewig Ziehn in Wunder volle Ferne!

Wie bald liegt da tief unten alles Trübe!
 Er knieet ewig betend einsam nieder
 Verklärt im ew'gen Morgenroth der Liebe.

4.
(Gesang.)

Wer einmal tief und durstig hat getrunken,
 Dem zieht zu sich hinab die Wunderquelle,
 Daß er melodisch mitzieht selbst als Welle,
 Bis er in's Dufterglüte goldne Meer versunken.

Am Ufer träumen Wald und Berge trunken;
 Schauend den tiefen Himmel in der Welle
 Zieht süßes Weh' auch sie zur kühlen Stelle,
 Es stäubt der Strom geheimnißvolle Funken. —

So laß es ungeduldig brausen, drängen!
 Hoch schwebt der Dichter drauf in goldnem Nachen,
 Sich selber heilig opfernd in Gesängen.

Die alten Felsen spalten sich mit Krachen,
 Von drüben grüßen schon verwandte Lieder,
 Zur Heimat führt der Dichter alle wieder.

5.

Nicht Träume sind's und leere Wahngesichte,
 Was von dem Volk den Dichter unterscheidet.
 Was er inbrünstig bildet, liebt und leidet,
 Es ist des Lebens wahrhafte Geschichte.

Er fragt nicht viel, wie ihn die Menge richte,
 Der eignen Ehr' nur in der Brust vereidet;
 Denn wo begeistert er die Blicke weidet,
 Grüßt ihn der Weltkreis mit verwandtem Lichte.

Die schöne Mutter, die ihn hat geboren,
 Den Himmel liebt er, der ihn auserkoren,
 Läßt beide Haupt und Brust sich heiter schmücken.

Die Menge selbst, die herbraust, ihn zu fragen
 Nach seinem Recht, muß den Beglückten tragen,
 Als Element ihm bietend ihren Rücken.

6.

Ihm ist's verliehn aus den verworrnen Tagen,
 Die um die andern sich wie Kerker dichten,
 Zum blauen Himmel sich emporzurichten,
 In Freudigkeit: Hie bin ich, Herr! zu sagen.

Das Leben hat zum Ritter ihn geschlagen,
 Er soll der Schönheit neid'sche Kerker lichten;
 Daß nicht sie alle götterlos vernichten,
 Soll er die Götter zu beschwören wagen.

Tritt erst die Liebe auf die blüh'nden Hügel,
 Fühlt er die reichen Kränze in den Haaren,
 Mit Morgenrot muß sich die Erde schmücken;

Süßschauernd dehnt der Geist die großen Flügel,
 Es glänzt das Meer — die mut'gen Schiffe fahren,
 Da ist nichts mehr, was ihm nicht sollte glücken!

38.
An der Oder.

Du blauer Fluß, an dessen grünem Strande
Ich Licht und Lenz zum erstenmale schaute,
In frommer Sehnsucht still mein Schifflein baute,
Wie manch' Schiff unten kam und zog und schwand.

Von blauen Bergen über'm glänz'gen Lande
Bracht'st du mir Gruß und fröhl'ge seel'ge Laute,
Daß ich den blauen Winden mich vertraute,
Vom Ufer lösend hoffnungsreich die Bande.

Noch wußt' ich nicht, wohin und was ich meine,
Doch Morgenroth sah ich unsterblich quellen,
Wie liebt' ich Freiheit, Liebe, Kraft und Tugend.

Als ob das schöne Leben mich nur meine,
Fühlt' ich zu ferner Braut die Segel schwellen,
All' Wipfel rauschten da in ew'ger Jugend!

39.
Ermunterung.

Waldhorn bringt Kund' getragen,
Es hab' nun aufgeschlagen
Der Lenz sein grünes Reich
Auf Bergen, Fluß und Teich.

In's Grün ziehn Klang und Reiter,
Ein jeglich Herz wird weiter,
Zög' gerne mit in's Grün
Wollt' mit in's Blaue blühn.

Was stehst du so alleine,
Pilgrim, im bunten Scheine?
Lokt dich der Wunderlaut
Nicht auch zur fernen Braut?

Kommt Liebesblik geschoßen
Der klare Strom gefloßen,
Zur Heimat geht der Schein —
Was stehst du so allein?

„Ach! diese tausendfachen
Heiligverschlungnen Spra=
    chen,
So lokend Lust wie Schmerz,
Zerreißen mir das Herz."

Ein Wort will mir's ver=
    künden,
Oft ist's, als müßt' ich's
    finden,
Und wieder ist's nicht so,
Und ewig frag' ich: Wo? —"

Auf einsam hoher Stelle
Steht eine Waldkapelle
Grüßt Wolken, Strom und
    Thal,
Die Pilger allzumal.

Eine heilige Romanze,
Das Thal im Abendglanze
Will dich an's Herze ziehn
Dort magst du niederknieen.

„Viel ist noch zu voll=
    bringen,
Herr Gott, laß uns be=
    zwingen
Die Trübniß und die Nacht,
Der Treuen Herze wacht!"

Wie heiter die Gebärde!
Verwandelt blüht die Erde,
Das Herz schlägt stark und
    frei,
All Trübniß ist vorbei!

40.
Anklänge.

Liebe, wunderschönes Leben,
Willst du wieder mich verführen,
Soll ich wieder Abschied geben
Fleißig ruhigem Studieren?

Offen stehen Fenster, Thüren,
Draußen Frühlingsboten schweben,
Lerchen schwirrend sich erheben,
Echo will im Wald sich rühren.

Wohl, da hilft kein Widerstreben,
Tief im Herzen muß ich's spüren:
Liebe, wunderschönes Leben,
Wieder wirst du mich verführen!

41.
Das Zaubernez.

Fraue, in den blauen Tagen
Hast ein Nez du ausgehangen,
Zart gewebt aus seidnen Haaren,
Süßen Worten, weißen Armen.

Und die blauen Augen sprachen,
Wie ich Waldwärts wollte jagen:
„Zieh mir, Schöner, nicht von dannen!"
Ach, da war ich dein Gefangner!*)

Hörst du nun den Frühling laden,
Waldhorn gehn im grünen Walde,
Lokend grüßen bunte Flaggen,
Nach dem Sänger fragen alle?

Ach, von euch, ihr bunten Flaggen,
Kann ich, wie von Dir, nicht lassen!
Reisen in den blauen Tagen
Muß der Sänger mit dem Klange.

Flügel hat, den Du gefangen,
Alle Schlingen müssen lassen
Und er wird Dir fortgetragen,
Wie die Böglein wiederkamen. —

Liebst Du, treu dem alten Sange
Wie dem Sänger, mich wahrhaftig:
Laß dein Schloß, den schönen Garten,
Führ' dich ein in Waldesprachten!

Ein weiß' Zelter soll Dich tragen,
Um die schönen Glieder schlanke
Seide himmelblau gespannet,
Als ein süßgeschmükter Knabe.

Und dem Jäger wird so bange,
Und er läßt die Rehe grasen,
Will nun nimmer von uns lassen
Mit dem frischen Hörnerklange.

Wer von uns verführt den andern,
Ob die Augen Dein thaten,
Meine Laut', des Jägers Blasen? —
Ach, wir können's nicht errathen;

---

*) Handschriftlich: Sterben muß ich sonst im Garten!"
               Und in diesem schönen Garten
               Bunte Vögel lieblich sangen,
               Schimmernd' Bronnen lustig sprangen,
               Und ich blieb so gerne hangen. —

Aber um uns dreie alle
Wird der Lenz in grünen Walden
Wohl ein Zauberneze schlagen,
Dem noch keiner je entkame.

42.
Nachtigall.

Nach den schönen Frühlingstagen,
Wenn die blauen Lüfte wehen,
Wünsche mit dem Flügel schlagen
Und im Grünen Amor zielt,
Bleibt ein Jauchzen auf den Höhen;
Und ein Wetterleuchten spielt
Aus der Ferne durch die Bäume
Wunderbar die ganze Nacht,
Daß die Nachtigall erwacht
Von den irren Wiederscheinen,
Und durch alle sel'ge Gründe
In der Einsamkeit verkünde,
Was sie alle, alle meinen:
Dieses Rauschen in den Bäumen
Und der Mensch in dunkeln Träumen.

43.
Erwartung.

Grüß euch aus Herzensgrund:
Zwei Augen hell und rein,
Zwei Röslein auf dem Mund,
Kleid blank aus Sonnenschein!

Nachtigall klagt und weint,
Wohllüstig rauscht der Hain,
Alles die Liebste meint:
Wo weilt sie so allein?

Weil's draußen finster war,
Sah ich viel hellern Schein,
Jetzt ist es licht und klar,
Ich muß im Dunkeln sein.

Sonne nicht steigen mag,
Sieht so verschlafen drein,
Wünschet den ganzen Tag,
Daß wieder Nacht möcht' sein.

Liebe geht durch die Luft,
Holt fern die Liebste ein;
Fort über Berg und Kluft!
Und sie wird doch noch mein!

44.
Abendständchen.

Nach der Handschrift, etwa 1809.

1. Schlafe, schönes Mädchen,
   schlafe,
Unten liegt so still die Welt
Oben weiden goldne Schafe,
Und ein Engel Wache hält.

2. In der Ferne ziehn Gewitter;
Einsam auf des Berges Hang,
Greif ich draußen in die Zither,
Weil mir gar so schwül und
   bang.

3.—5. Str. übereinstimmend.

6. Still mag sich die Seel' er=
   bauen
Goldne Brükken in der Nacht,
Gärten auf des Himmels Auen
Und viel alte Wunderpracht. —

7. Traue nicht der süßen Weise,
Die so falsch und lieblich rührt,
Wie Syrenenlied und leise
Dich aus Herzensgrund ver=
   führt.

8. Wieder kommt der Morgen
   balde,
Weckt dich aus dem stillen Port
Vöglein singen in dem Walde,
Doch der Sänger ziehet fort.

Nach „Ahnung und Gegenwart."

Schlafe, Liebchen, weil's
   auf Erden
Nun so still und seltsam wird!
Oben gehn die goldnen
   Herden,
Für uns alle wacht der Hirt.

In der Ferne ziehn Ge=
   witter;
Einsam auf dem Schifflein
   schwank,
Greif ich draußen in die
   Zither,
Weil mir gar so schwül und
   bang.

Schlingend sich an Bäum'
   und Zweigen,
In dein stilles Kämmerlein
Wie auf goldnen Leitern
   steigen
Diese Töne aus und ein.

Und ein wunderschöner
   Knabe
Schifft hoch über Thal und
   Kluft,
Rührt mit seinem goldnen
   Stabe
Säuselnd in der lauen Luft.

9. Und die Welt fragt nichts nach Tönen;
Was auf Erden, muß vergehen
Sterben möchtest du vorSehnen
Thränen dir im Auge stehn. —

10. Meine Lieb hat mich betrogen,
Zog weit über Land und Meer,
Und ich sing' in meinen Sorgen,
Weiß nicht was ich singe mehr. —

11. Abwärts gehn die goldnen Schafe,
Treue Lieb nicht feste hält —
Schlafe, schönes Mädchen, schlafe,
Weil's so still noch auf der Welt!

Und in wunderbaren Weisen
Singt er ein uraltes Lied,
Das in linden Zauberkreisen
Hinter seinem Schifflein zieht.

Ach, den süßen Klang verführet
Weit der buhlerische Wind,
Und durch Schloß und Wand ihn spüret
Träumend jedes schöne Kind.

45.
Trauriger Winter.

Nun ziehen Nebel, falbe Blätter fallen,
  Od' alle Stellen, die uns oft entzüket!
  Zum letztenmal tief' Rührung uns beglüket,
Wie aus der Flucht so scheidend Lieder schallen.

Wohl manchem blüht aus solchem Tod Gefallen:
  Daß er, nun eng ans blühn'de Herz gedrüket,
  Von rothen Lippen holdre Sträuße pflüket
Als Lenz je beut mit Wäldern, Wiesen allen.

Mir sagte niemals ihrer Augen Bläue:
  „Ruh auch aus! Willst du ewig sinnen?"
Und einsam seh' ich so den Sommer fahren.

So will ich tief des Lenzes Blüth' bewahren,
  Und mit Erinnern zaubrisch mich umspinnen,
  Bis ich nach langem Traum aufwach' im Maie.

46.
Das Gebet.

Wen hat nicht einmal Angst befallen,
Wann Trübniß ihn gefangen hält,
Als müßt' er ewig rastlos wallen
Nach einer wunderbaren Welt?

All' Freunde sind lang' fortgezogen,
Der Frühling weint in einem fort,
Eine Brüke ist der Regenbogen
Zum friedlich sichern Heimats-Port.

Hinauszuschlagen in die Töne,
Lokt dich Natur mit wilder Lust,
Zieht Minne holde, Frauenschöne
Zum Abgrund süß die seel'ge Brust —
Den Tod siehst du verhüllet gehen
Durch Lieb' und Leben himmelwärts,
Ein einzig Wunder nur bleibt stehen
Einsam über dem öden Schmerz.

Du seltner Pilger, laß dich warnen!
Aus irrd'scher Lust und Zauberei,
Die Freud- und Leidvoll dich umgarnen,
Strecke zu Gott die Arme frei!
Nichts mehr mußt du hinieden haben,
Himmlischbetrübt, verlaßen, arm,
Ein treues Kind, dem Vater klagen
Die irrd'sche Lust, den irrd'schen Harm.

Es breitet diese einz'ge Stunde
Sich über's ganze Leben still,
Legt blühend sich um deine Wunde,
Die niemals wieder heilen will,
Treu bleibt der Himmel stets den Treuen,
Zur Erd' das Irrd'sche niedergeht,
Zum Himmel über die Wüsteneien
Geht ewig siegreich das Gebet.

47.
Sehnsucht.

Seelig, wer zur Kunst erlesen,
Ruhig in getreuer Lust,
Hoher Dinge seltsam Weesen,
Selber froh erschrekt, mag lesen
In der Wundervollen Brust!

Wie die Roße muthig scharrten!
Ach, die Freunde sind voraus!
Draußen blüht der schöne Garten,
Draußen Wald und Liebchen warten,
Und ich kann nicht, kann nicht raus!

Bleib' ich ewig fern vom Glüke? —
Wen die Treue ganz durchdrang,
Einmal trafen Liebesblicke,
Ach! er kann nicht mehr zurüke,
Und ich kniee Lebenslang.

Lodert, lodert heil'ge Kerzen!
Bleibet unerhört mein Flehn:
Will ich in den Freuden, Schmerzen,
Mit dem unentweihten Herzen
Treu und heilig untergehn.

48.
Burg und Kreutz.

Wie glühten Burg und Kreutz im Morgenstrale!
  Viel frohe Sänger, fromme Pilger sungen,
  Und durch die Wälder Hörner frisch erklungen,
  Und heilge Funken sprüh'nd vom zorn'gen Stale.

Versunken sind die alten Wundermaale,
  Nur eine Waldkapelle unbezwungen
  Blieb einsam stehen über den Niederungen,
  Die läutet fort und fort hinab zum Thale.

Doch unten treibt die Menge dumpf vorüber,
  Nur ein'ge trift der Laut — die stehn erschroken,
  Und Heimweh zieht magnetisch sie hinüber.

Ein alter Mönch zieht oben still die Gloken,
  Reicht fest die Hand, und führt aus der Verheerung
  Durchs alte Thor die Treuen zur Verklärung.

49.
Sonett.

Rasch sprengt der Ritter an ertos'nden Flüssen
  Funkelnd durch Waldes dunkelgrüne Dichten,
  Die schlanker sich in Himmelsglanz aufrichten,
  Den König kühlerauschend zu begrüßen.

Viel' schöne Augen werden weinen müssen,
Daß er Visier und Locken nie will lichten,
Daß zu dem Hohen sie sich mußten richten,
In süßen Himmelsqualen gerne büßen.

Schön ists, von irrd'schen Banden losgebunden,
In grüner Nacht, in dunkler Wetter Blike
Einsam den Sinn zu weid'n, den wilden, reinen;

Doch Schönres wird auf Erden nicht gefunden,
Als wenn der Stolze senkt die dunklen Blicke,
Sanft niederknieend vor der Ersten, Einen.

50.
Ein Traum.

Lag blüh'nd ein weites, schönes Land erschlossen
Mit blauen Bergen, Schlössern, Ström'n und Blumen,
Viel Vögel sangen drauß'n und Ströme flossen,

Und roter Duft lag auf den Heiligthumen.
So warm fühlt' ich noch nie des Frühlings Weben,
Wie es dießmal ans Herz mir wollte blumen.

Mich aber zog ein wunderbares Streben,
Ein selig Wort, das ich nicht konnt' ergründen,
Wie es mich lokt, aus dunkler Brust zu heben.

Ich fühlt' wohl innigst oft, ich würd' es finden,
Doch wieder war's nicht so, und brünstig flehen
Mußt' ich gar oft zu Gott mir's zu verkünden.

Wie ich so sann in himmlisch süßen Wehen,
Sah ich aus Duft und Dunkelgrün der Bäume, —
— — — — — — — — — — — — — — —*)

Sie ging und stand, als ob sie selber träume,
Ließ tief den Schleier fall'n und hob ihn wieder.
Mich faßt ein Bang'n, als ob ich zaghaft säume,

Da sie nun sprach: „Wir sehn uns nimmer wieder!"
Und weinte sehr, da ich hinausgetreten.
Nun rannen tausend Strahlen golden nieder,

---

*) Sinn der fehlenden Zeile mit dem wahrscheinlichen Reimwort gehen: (sah ich . .) eine Gestalt hervorgehen.

Und seltsam' Lieder durch die Bläue wehten,
Mir war so wohl und bang im tiefsten Herzen,
Ach, soll ich singen, rief ich, soll ich beten?

Da sah ich erst mit Schauern und mit Schmerzen,
Mir wie aus alter Zeit bekannt, die Matten,
Die solche Wehmuth — — —

———————————

Springbronnen einsam auf und nieder schallten,
So seltsam plätschernd in den dunklen Schatten.

Auch viel erkannt' ich wandelnde Gestalten,
Doch wußt' ich, wie ich sann, sie nicht zu trennen.
Ich rief in Angst und wollt' sie liebend halten,

Doch bleich schien'n sie, und mich nicht mehr zu kennen.
Da war's, als wollten Au'n und Wälder zu mir sprechen,
Und Bangen faßt mich, daß es nicht zu nennen,

Da ich sie also hört' ihr Schweigen brechen:
„Sie ist lang' fort! seit Sie uns hat verlassen,
Wird auch gar bald des Frühlings Herze brechen,

Des süßen Maies junger Glanz verblassen.*)
Da fühlt' ich großes Bangen mich befallen,
Und Flur und Lenz und alles mußt' ich lassen,

Mich nahmen auf des Waldes dunkle Hallen,
So dicht und stumm, wie ich noch nie gesehen.
Viel fremde Vögel hört' ich seltsam schallen,

Durch's Dunkel altbekannte Stimmen gehen.
Mich faßt' ein ängstlich rastlos Eilen,
Das ewig wollte mit den Stimmen gehen

Fühlend sich auf den Höh'n, den stummen, steilen,
Von leichter Wolken eil'gem Flug bethauen,
Die zaub'risch blüh'nd sich schienen oft zu theilen,

Daß ich zur blüh'nden Tiefe konnte schauen,
Wo ruhig in den ewig blauen Tagen
Viel Schäfer sang'n von abendrothen Auen.

---
*) Es folgen die durchstrichenen Zeilen:
   Willst du allein im Herbste einsam wallen?
   Kurz ist die Frist, unendlich sind die Straßen.

Da fühlt' ich innigst, daß es nicht zu sagen,
Mich bodenlos einsam und so alleine.
Und ewig schien der Thale Lied zu fragen:

Was denn das Herz so trostlos such' und weine?
So langt' ich an an wunderbarer Stelle,
Wohin nicht reichten mehr, noch Lied, noch Scheine.

Gebrochen rauscht' . . . . . des Jrd'schen Welle,
Und Himmel schien des Scheidens Schmerz zu säumen
Ein Greis stand dort an ewig rausch'nden Quellen,

Der schien gewachsen mit den Bergen, Bäumen;
Denn alt und halbverständlich war die Sprache,
Da er nur wie aus langen Himmelsträumen

Das tiefe Schweigen also himmlisch brache:
„Wer rief dich von den buntbewegten Gassen?
Tief Grau'n, Ermatten sind des Jrrd'schen Rache;

Kurz ist die Frist, unendlich sind die Straßen
Und bebend fühlt, einsam vor Gott zu stehen
Das Herz in — — — — — — — — —

Verborgne Himmel durch das Beten gehen,
Wohin der Mensch auch immer richt' und wende.
Die Himmelslust, der großen Ängste Flehen,

Hier ist kein Rückkehr'n wieder und kein Ende."
Viel Wunderbares schien er noch zu sagen,

———

Da wacht' ich auf und zaub'risch aufgeschlagen
Sah ich schon Nacht mit ihren goldnen Weiten.
Demütig kniet' ich hin, wollt' viel noch fragen,
Und ewig wird mich dieser Traum geleiten.

51.
Kanzone.

O, Tage süß, euch muß ich wohl beklagen,
  Da von den Bergen Waldhornsklänge kamen,
  Die durch die Bläue schienen licht zu gehen,
  Und alle Trübnis von den Auen nahmen,
  Verkündend mir, es hab' nun aufgeschlagen
  Der Lenz sein grünes Reich auf Waldeshöhen,

Auf blauem Fluß, auf Thal'n und stillen Seen.
Da tönte Waldesgrund von Roßeshufen,
Den grauen Winter fühlt' ich von mir streifen
Ließ große Wünsche durch die Grüne schweifen,
Die zogen mit der Klänge Lust und Schmerze,
Und grün und kühl war selber noch mein Herze.

Wie oft mußt' ich damals von wilder Stelle
  In See'n und Thales grüne Schwüle tauchen
Der kühnen Blike muthiges Verlangen,
Meinend, es müßte vor den jungen Augen
Die wurzelnd nur in ew'ger Morgenhelle,
Ein schönrer Lenz noch auferstehn mit Prangen,
Zu stillen dieses Mittags blaues Bangen,
Wo süßgeladen nun von blauen Winden
Das . . Herze fröhlich könnte binden
Der Wünsche blüh'nde Segel von den Banden
An ferner Heimathsküste hold zu landen.

Wohl hob sich dieser Lenz nun von den Matten,
  Seit ich Sie sah zaubrisch durchs Grün gegangen,
Wo nur von Ihrer Augen Himmelsräumen,
Dem Abendroth der Wangen,
Der Loken Zaubernacht, die schwül' umschatten
Des jungen Busens liebeseel'ge Hü(gel), ...
. . . . (zu träumen)
Mir doch verwehrt Herbst des Herzens Grünen,
Wo trübe Nebel nur und Weh sich mehren;
Denn nie wird ihm dies Himmels blüh'nd Einkehren,
Ein einzig Liebeswort nur zu vertrauen
Dem Einsamen auf den verwirrten Auen.

Wie oft reit' ich in morgenrothen Stunden,
  Den Durst zu stillen nach dem süßen Leide,
Das Waldhorn noch mein muthiger Genoße,
Des Morgens Scheine funkelnd Jagdgeschmeide,
Das blühend legend sich um meine Wunden,
Süßzaubrisch spielt an Brust und dunklem Roße
In grünem Grund vorüber an dem Schloße,
Wenn Sie vom Söller süßverträumte Blike
Läßt in des Morgens frischen Zauber streifen,
Oft sinnend wohl des Reiters trostlos Schweifen,

Den blauen Fluß und Wald und Au betrachtend —
Was Reiter, Horn und Fluß will sag'n, nie achtend.
So will der Schmerz in Waldsnacht wiederkehren,
Wo Ströme braus'n und einsam' Felsen ragen,
Die alten Klänge grün um ihn geschlagen.
Vielleicht befällt Sie fern im Thal einst Reue,
Wenn sie so sagen von des Jägers Treue.

52.
Assonanzen.

Hat nun Lenz die silbern'n Bronnen
  Losgebunden:
Knie ich nieder süßbeklommen
  In die Wunder.

Himmelreich! so kommt geschwommen
  Auf die Wunden!
Hast du einzig mich erkoren
  Zu den Wundern?

In die Ferne süß verloren,
  Lieder fluhten,
Daß sie, rükwärts sanft erschollen,
  Bringen Kunde.

Was die andern sorgen, wollen,
  Ist mir dunkel,
Mir will ew'ger Durst nur frommen
  Nach dem Durste.

Was ich liebe und vernommen,
  Was geklungen,
Ist den eignen tiefen Wonnen
  Seelig Wunder!

53.
Minnelied; (Klage.)

Blaue Augen, blaue Augen!
Ach, wie gebt ihr süße Peine!
Aus dem schönen Wald unzählig
Stimmen zielen, grüne Scheine,

Und ich laſſ' mich gern verführen,
Loken Schmerzen ſo von weiten.
Draußen auf der Waldeswieſe
Laß' ich wohl mein Rößlein weiden;
Sinnend ſteh' ich lang' daneben,
Grüßt mich, wie aus fremden Zeiten,
Waldesrauſchen, Lied der Bronnen,
Ewigblühend grünes Schweigen,
Aus der tiefſten Bruſt Erinnern
Lang vergeßner goldner Träume —
Und ich muß dann fragen immer,
Ewig fragen: wo Sie weile?
Und das Waldhorn will mir's ſagen,
Und das Herz will ewig weinen:
Süße Peine, blaue Augen! —
Ewig ſtehſt du in der Weite,
Blühend in den blauen Tagen.
Wolken durch den Himmel eilen,
Liebesblik kommt oft geſchoßen,
Und es glänzen Feld und Haine
Und die Klarheit ſchließt ſich wieder
Und ich ſtehe ſo alleine;
Und ich kann mich gar nicht retten
Vor den Freuden, vor den Leiden,
Und ich kniee und ich bete:
Schöne Fraue, liebe, reine!
Blaue Augen, blaue Augen,
Ach! wie gebt ihr ſüße Peine!

54.
Mandolinen=Lied.

Wenn die Sonne lieblich ſchiene,
Wie in Welſchland blau und lau,
Gieng' ich mit der Mandoline
Durch die überglänzte Au.

In der Nacht dann Liebchen lauſchte
An dem Fenſter, ſüßverwacht,
Wünſchte mir und ihr, uns beiden
Heimlich eine ſchöne Nacht.

Wenn die Sonne lieblich schiene
Wie in Welschland lau und blau,
Gieng' ich mit der Mandoline
Durch die überglänzte Au.

55.
Frühlingsandacht.

In Lust und Scherzen dreh'n sich leichte Tage,
Von weißen Armen ruhet Lieb' umwunden,
Der Sänger schweift allein im Waldesgrunde,
Nur Waldhorns=Klang will, was er sucht, ihm sagen.

Es bringt der Lenz so glänzend Spiel getragen,
Durch's farb'ge Land die Ströme hell gewunden,
All' bunte Schifflein wieder losgebunden!
So zieh' doch fröhlich mit! — Wer wollt' noch zagen?

Doch daß im bunten, lichten Tanz des Maien
Der Einz'ge nur allein nicht länger weine,
Sieht er als Blumen sich den Lenz erschließen;

Und aus dem duft'gen Kelch im Glorienscheine
Neigt sich die ew'ge Jungfrau, hebt den Treuen
An ihre Mutterbrust mit tausend Küssen.

56.
Minnelied.

Über blaue Berge fröhlich
Kam der bunte Schein geflossen,
In den Schimmer rief ich selig:
„Freu dich nur, jetzt wirds vollendet!"
Doch der Frühling ist vergangen;
Was ich innigst hofft' und strebte
Blieb ein unbestimmt Verlangen.

Und nach langem trübem Schweigen
Kommen goldne Tage wieder;
Blaue Berge, alte Zeiten,
Blumen, Sterne, Ström' und Lieder

Woben wunderbar ein Netze,
Schüchtern schlang sich's um die Glieder,
Zog so innig fest und fester
Mich ans Herz der Erde nieder,

Kgl. Bibliothek.
Und so schlummert' ich und träumte
Von der allerschönsten Braut. —

Loebens Nachlaß.
Wo im Schoos der süßen Mutter
Spielten meine schönen Brüder.
Und in diesem Nez die Blüthe
Ward ein himmlisches Gefieder.

57—60.
Jugendsehnen.

1.
(An die Vorüberschiffende.)

Frisch eilt der helle Strom hinunter,
Drauf ziehn viel' bunte Schifflein munter,
Und Strom und Schiff und bunte Scheine,
Sie fragen alle, was ich meine?
Mir ist so wohl, mir ist so weh,
Wie ich den Frühling fahren seh'!

Viel Lenze sitz' ich schon da oben,
Ein Regenbogen steht im Land erhoben
Und durch die Thäler, Wiesen, Wogen
Still, wie ein fernes Lied, gezogen,
Schifft' immerfort dein himmlisch Bild —
Doch Strom und Schiff nie stille hielt.

2.
(Minnelied.)

Denk' ich Dein, muß bald verwehen
Alle Trübniß weit und breit,
Und die frischen Blike gehen
Wie in einen Garten weit.

Wunderbare Vögel wieder
Singen dort von grüner Au,
Einsam' Engel, alte Lieder
Ziehen durch den Himmel blau.

Wolken, Ströme, Schiffe alle
Seegeln in die Pracht hinein,
Keines kehrt zurück von allen,
Und ich stehe so allein.

Doch der Garten wird zur Rose,
„Ich, die Liebste, bei dir bin!"
Singt nun aus der Blume
Schooße
Ewig mir die Zauberin.

Könnt' verblühen diese Rose,
Wär' der Lenz auch nicht mehr
schön,
Müßt' ich einsam, freudenlose,
Mit der Laute irrend gehn.

3.

Es saß ein Kind gebunden und gefangen,
 Wo vor der Menschen eitlem Thun und Schallen
 Der Vorzeit Wunderlaute trüb verhallen;
Der alten Heimat dacht' es voll Verlangen.

Da sieht es draußen Ströme, hell ergangen,
 Durch zaub'risch Land viel Pilger, Sänger wallen,
 Kühl rauscht der Wald, die lust'gen Hörner schallen,
Aurora scheint, soweit die Blicke langen.

O laß die Sehnsucht ganz dein Herz durchdringen!
 So legt sich blühend um die Welt dein Trauern
Und himmlisch wird dein Schmerz und deine Sorgen.

Ein frisch Gemüt mag wohl die Welt bezwingen,
 Ein recht Gebet bricht Banden bald und Mauern:
Und frei springst du hinunter in den Morgen.

4.
(Morgenlied.)

Sey stark, getreues Herze!
Laß ab von Angst und Schmerze!
Steh auf und geh mit mir,
Viel Freude zeig' ich dir.

Die Lerchen jubilieren,
Und fröhlich' Musizieren
Aus grünem frischen Wald
Von Stimmlein mannigfalt.

Geschmückt von Edelsteinen
Die Erd' in bunten Scheinen
Als junge fromme Braut
Dir froh in's Herze schaut.

Im Garten zu spazieren
Die Blumen mich verführen,
Die Augen aus dem Grün —
Das Quellen und das Blühn.

Maria, schöne Rose!
Wie stünd' ich freudenlose,
Hätt' ich nicht Dich ersehn,
Vor allen Blumen schön.

Nun laß den Sommer gehen,
Laß kommen Wind' und
Schneen,
Bleibt diese Rose mein
Wie könnt' ich traurig sein?

61.
An den heiligen Joseph.

Wenn trübe Schleier alles grau umweben,
Zur bleichen Ferne wird das ganze Leben,
Will Heimath oft sich tröstend zeigen;
Aus Morgenrot die goldnen Höhen steigen,
Und aus dem stillen, wundervollen Duft
Eine wohlbekannte Stimme hinüberruft.

Du warst ja auch einmal hier unten,
Hast ew'ger Treue Schmerz empfunden;
Maria war lange fortgezogen,
Wie einsam rauschten rings die dunklen Wogen!
Da breitet' Sie von oben die Arme aus:
Komm, treuer Pilger, komm' auch nach Haus!

Seitdem ist wohl viel anders worden,
Treulieb' auf Erden ist ausgestorben.
Wem könnt' ich's, außer Dir, wohl klagen,
Wie oft in kummervollen Tagen,
Mein ganzes Herz hier hofft und bangt,
Und nach der Heimath immer fortverlangt!

Bitt' für mich bei Maria und ihrem Kinde,
Daß sie mir vergeben meine Sünde,
Schicken einen bald'gen Tod gelinde.
Von der Heimath kommen die blauen Winde,
Die Wimpel jauchzen — das Schifflein los,
Maria! Nimm mich auf in Deinen Gnadenschoos!

62.
Selige Wehmut.

Maria.

„Ist der Frühling nicht gekommen,
Sinn'ge Farbe still entglommen?
Hab' ich nicht den Schleyer 'hoben,
Zart aus Blumenduft gewoben?

Gegenüber kannst Du sitzen,
In des Krantzes funkelnd Blitzen,
In die stillen offnen Augen,
Himmelblau im Hertzen schauen,
Was dich ängstet, mir vertrauen;
Muß dann weinen mit Dir sehr,
Sag', was willst Du dann noch mehr?"

Ewig werd' ich schweigen müßen,
Denn wohl niemand darf es wißen,
Was die Wünsche lang verschließen:
Möcht Dich gern recht hertzlich grüßen,
Rühren nur den Mund, den süßen,
Sterben gerne so im Küßen.

63.
Zauberin im Walde.

„Alter Vater, alter Vater,
„Laß mich aus dem grauen Hause;
„Winter ist ja längst vergangen,
„Helle scheint die Sonne draußen.

„Wird dir denn nicht selber bange?
„Wie ein fremder Vogel drunten
„In dem Walde seltsam sange, —!
„Alter Vater, lass' mich 'runter."

Lieber Jung', wie machst mir bange,
Wend' zum Kreutze dich alsbalde,
Daß dich fürder nicht verlange
Nach dem dunkelgrünen Walde!

Drüben wohnt in dem Gebürge.
Eine Fey' auf blankem Schloße,
Ist genannt Sidonia schöne,
Zeigt sich oft auf weißem Roße.

Und wenn Frühling ist gekommen,
Steht sie oben auf der Zinne,
Schauet nach den dunklen Gründen,
Weint nach eines Knaben Minne.

Kommt der Vogel jeden Frühling
Immer zu des Waldes Pforte,
Singt ins Land hinaus so eigen,
Führet durch's Gebürg zum Schloße.

Und so manchen wilden Knaben
Lüstete in frechem Muthe
Nach der Feye schönem Leibe
Und den Edelstein' und Guthe.

Doch von allen Knaben, allen,
Mochte keiner Lieb' erwerben,
Mußten all' in bittern Klagen
In dem dunklen Walde sterben.

„Ach, wie sprecht ihr doch so trübe!
„Hat's Euch nie ans Herz geschlagen
„Lokend aus dem Walde drüben,
„Daß ihr also möget zagen?

„Schon vor vielen frühen Jahren
„Saß ich drüben an dem Ufer
„Sah manch' Schiff vorüberfahren
„Weit hinein in Waldesdunkel.

„Und gar seltsam hohe Blumen
„Standen an dem Felsenrande;
„Sprach der Strom so dunkle Worte,
„'s war, als ob ich sie verstande.

„Und wie ich so sinnend saße,
„Und ein wundersam' Gelüste
„Mich gar seltsam thät' erfaßen,
„Mitzuziehn im Strom der Düfte, —

„Kam auf einem goldnen Schifflein
„Bald die schönste aller Frauen,
„Wie von lauter Edelsteinen
„Eine Blume, anschauen.

„Und von ihrem Hals behende
„Thät sie lösen eine Kette,
„Reichte mir mit zarten Händen
„Wohl die allerschönste Perle.

„Sprach dazu mit rothem Munde
„Ein Wort seltsam, unverständlich,
„Doch dieß Worts verborgne Kunde
„Bleibt im Herzen ewig stehen. —

„Kommt der Vogel jeden Frühling
„Immer zu des Waldes Pforte
„Singt ins Land hinaus so eigen,
„Führet durchs Gebürg zum Schloße.

„Und so saß ich lange Jahre;
„Und wenn nun der Lenz erwachte,
„Immer von dem Halsgeschmeide
„Eine Perle sie mir brachte.

„Ich barg sie im Waldesgrunde,
„Und aus jeder Perle reine
„Sproßte eine Blum' zur Stunde,
„Wie ihr Antlitz wunderfeine.

„Und so bin ich aufgewachsen,
„Thät' der Blumen treulich warten;
„Schlummert' oft und träumte golden
„In dem bunten Waldes=Garten. —

„Fortgespült ist nun der Garten
„Und die Blumen all' verschwunden,
„Und durchs Herze fühl' ichs ziehen,
„Bluten, blühen alle Wunden.

„In der Fern' liegt jetzt mein Leben,
„Breitend sich wie grüne Träume,
„Schimmert stets so seltsam lockend
„Durch die alten dunklen Bäume.

„Jetzt erst weiß ich, was der Vogel
„Ewig ruft so bange, bange,
„Unbekannt zieht ew'ge Treue
„Mich hinunter zu dem Sange.

„Loken dich nicht selbst die Klänge,
„Wie sie ferne, wie Karfunkel
„Dunkelleuchtend irre schweifen
„Durch das schauersüße Dunkel?

„Wie die Wälder dunkel rauschen!
„Zwischendurch das alte Rufen! —
„Wo bin ich so lang' gewesen?
„O, ich muß hinab zur Ruhe!"

Und es stieg vom Schloß hinunter
Schnell der süße Florimunde,
Weit hinab und immer weiter
Zu dem dunkelgrünen Grunde.

Hört' die Ströme stärker gehen,
Sah in Nacht des Vaters Burge
Still erleuchtet ferne stehen,
Alles Leben weit verschwunden.

Und der Vater schaut' vom Berge,
Schaut' zum dunklen Grunde immer;
Regte sich der Wald so grausig,
Doch den Sohn erblikt' er nimmer.

Und es kam der Winter balde,
Und viel' Lenze kehrten wieder,
Doch der Vogel in dem Walde
Sang nie mehr die Wunderlieder.

Und das Waldschloß war versunken
Und Sidonia schön' verschwunden;
Wollte keinen andern haben
Nach dem süßen Florimunde.

64.
Kaiser Albrechts Tod.

Lebewohl noch schnell zu sagen,
Da der Tag zu graun begann,
Trat noch einmal Kaiser Albrecht
In den stillen Frauensaal.

Und er fand dort die Gemahlin,
Die in bittrem Kummer saß,
Heiß verweint im Morgenstrahle
Nahm sie herzlich noch in Arm.

„Zieh nur heute nicht von dannen,
Denn so blutrot ist der Tag
Überm Walde aufgegangen,
Und zum Sterben ist mir bang."

„Fern schon wehen meine Fahnen,
Aus dem Thal ruft Hörnerklang
Deine Lieb' wird Gott bewahren,
Wenn die Feldschlacht draußen rast."

Und es legte Helm und Panzer
Schnell nun Kaiser Albrecht an,
Stieg dann freudig auf den Rappen,
Funkelnd hoch im Morgenglanz.

Von dem Schloß, von der Altane,
Weint sie lang' hinaus ins Land,
Grüßt die Zieh'nden in dem Thale
Noch viel tausend tausendmal.

Wie sie nun hinunter kamen
Tiefer in den dunklen Wald,
Traten aus dem Wald Gedanken
Seltsam Kaiser Albrecht an.

Jetzo erst so ganz empfand er
Ihrer Worte tiefe Kraft,
Ihre Treu, das holde Bangen,
Ihres süßen Leibs Gestalt.

Und die Thränen linde drangen,
Und so gar betrübt er sann,
Da die Vögel lustig sangen,
Schloß und Berg versunken war.

„Wie so wunderschön die Matte!
Ist's doch, als ob Wald und Bach
Mir hier liebes wollten sagen,
Alles doch so unbekannt!

„Mögen weiterziehn die andern,
Freudig grüßt von fern ihr Klang,
Ich will hier ein wenig rasten,
Denn so schwül wird dieser Tag."

Kaiser Albrecht! Kaiser Albrecht!
Bleib zu dieser Stunde wach!
Stimmen gehen in dem Walde,
Näher schleicht schon der Verrat.

„Schönes Schloß, vielheitre Tage —
Schlummernd Rauschen, Vogelsang —
Wolken, über mir gegangen —
Schöner grüner Wiesenplan —"

Und dort hat ihn überfallen
Böser Ritter dunkle Schar,
Herzog Johann war's von Schwaben,
Der sein eigner Neffe gar.

Ferne wohl die Hörner klangen,
Irrend durch die Waldesnacht, —
Euer Herre ist erschlagen
Auf dem grünen Wiesenplan!

65.
Maria Magdalena.

Duftig blühte Abendröthe,
Aus dem prächt'gen Meeres=Schloße
Trat die schöne Magdalena
Prangend für auf dem Balkone,
Aus der dunklen Nacht des Haares
Edelsteine zaubrisch lokend,

Um der Glieder blühend Schwellen
Buhlend blaue, laue Wogen,
Trunkne Blike, wie aus langen
Schönen Träumen erst gehoben,
Durstig blühend in die Ferne;
Und die Ströme tönend zogen,
Und die Nachtigallen schlugen,
Berge, Auen, Wälder, Bronnen,
Von so überholden, reichen
Sternes Strahlen angesogen,
Tiefe Sehnsucht auszusagen,
Sendend Blike still nach oben,
Standen, Eine glüh'nde Blume
Zart aus Duft und Klang gewoben,
Wie in Träumen ganz versunken,
Aufgericht't im Abendgolde.

Da sprach Sie in holden Tönen
In die Düfte vom Balkone:
Süße Lüfte! Süße Lüfte!
Kommt ihr wieder angeschwommen
Von dem still erblühten Meere,
Wenn Duft, Sang nicht laßen wollen,
Hold zu irren in den Gängen,
Durch die fall'nden Blüthenfloken
Oder an des Stromes Ufer
Einzuschlummern süßverworren
Bey den Nachtigallenliedern
Unter den verträumten Rosen,
Süße, holde, blüh'nde Knaben,
An den Busen fest gezogen,
Süß verführet, zu verführen,
Alles Leben, glüh'nde Wonne
Flüsternd, schmachtend, liebermattet,
Zu versenken in den vollen
Sanfterschloß'nen, Duftberauschten
Busen tief der Zauber=Rose! —
Und doch wieder, wie so eigen
Kommt so wunderbares, großes
Bangen über Flüße, Palmen
Oft mir an das Herz geflogen,

Daß ich plötzlich in der Freude
Einsam steh' und tiefbeklommen.
Und ach! niemand, wie ich bange
Deutet mir, von wannen kommen
Solche Süße, solches Wehe,
Solche tiefbewegend' Worte,
Und ich muß in Thränen sagen,
Wenn schon goldne Nacht begonnen:
Ach! viel andre hohe Wunder
Ruhn wohl in der Brust verborgen.

66.

A.	B.
1808.	**1837.**
Maria von Tyrol im Kloster.	**Die Nonne und der Ritter.**

Da nun alles zur Ruh' gegangen,	Da die Welt zur Ruh' gegangen,
Wacht mit Sternen mein Verlangen	Wacht mit Sternen mein Verlangen;
Kühle will das Herze lauschen,	In der Kühle muß ich lauschen,
Wie die Wellen unten rauschen.	Wie die Wellen unten rauschen.
„Fernher mich die Wellen tragen,	„Fernher mich die Wellen tragen,
Um die Grau'n und Stürme schlagen.	Die ans Land so traurig schlagen
Deinen Schlaf schützt Mau'r und Gitter	Unter deines Fensters Gitter
Fürstin! kennst du noch den Ritter?"	Fraue, kennst du noch den Ritter?"
Ist's doch, als ob seltsam Stimmen	Ist's doch, als ob seltsam' Stimmen
Durch die lauen Hauche schwimmen;	Durch die lauen Lüfte schwimmen;
Wieder hat's der Wind genommen —	Wieder hats der Wind genommen —
Ach, mein Herz ist so beklommen!	Ach, mein Herz ist so beklommen!

„Wohl zu Andechs auf dem
  Schloße
Stieg ich ab von meinem
  Roße.
Ode stehen Höf' und Bogen
Da die Fürstin fortgezogen."

Wie die Töne blühend
  schreiten!
Wie aus lang' vergangenen
  Zeiten
Will mich Wemuth hold be-
  scheinen
Und ich muß inbrünstig wei-
  nen.

„In den nun verlaßnen
  Gründen
Gehn die Bächlein nach den
  Schlünden,
Lokend war's, was sie ge-
  sprochen,
Muth und Welt sind mir
  zerbrochen!"

Drüben glänzt mein Schloß
  von weitem,
Blühn im Mondschein alte
  Zeiten
Einsam gehen Wolken drü-
  ber —
Ist ja doch alles längst vor-
  über.

„Wie so einsam wild mein
  Bangen!
Kruzifixe! Durch die langen
Schatten mir vom Felsen
  funkel',
Denn der Strom zieht fort
  in's Dunkel!"

„Drüben liegt dein Schloß
  verfallen,
Klagend in den öden Hallen
Aus dem Grund der Wald
  mich grüßte —
's war, als ob ich sterben
  müßte."

Alte Klänge blühend
  schreiten!
Wie aus lang versunknen
  Zeiten
Will mich Wehmut noch be-
  scheinen,
Und ich möcht' von Herzen
  weinen.

„Überm Walde blitzt's vom
  weiten,
Wo um Christi Grab sie
  streiten:
Dorthin will mein Schiff ich
  wenden,
Da wird alles, alles enden!"

Geht ein Schiff, ein Mann
  stand drinne,
Falsche Nacht, verwirrst die
  Sinne,
Welt, ade! Gott woll' be-
  wahren,
Die noch irr' im Dunkeln
  fahren.

Schwärzer will sich's hau=
    ßen nachten,
Pfadlos ist das irrd'sche
    Trachten,
Schirm', Maria, mich hi=
    nieden,
Führ mich ein zum ew'gen
    Frieden!

67.

Das Bildniß.

(Romanze.)

Der Knab' im grünen Walde
Ließ gerne Flur und Feld;
Das Waldhorn ferne schallte,
So weit lag alle Welt.
Er fragte: was er weine,
Auf blumenreicher Au,
Was dieser Frühling meine,
Die Lüfte mild und blau?

Er kam zum dunkelhellen
Wundersam grünen Ort,
Da rauschten Wald und Quellen
Zaubrisch in einem fort;
Die zogen sich um sein Herze,
Da mußt' er niederknie'n,
Gebannt in süßem Schmerze,
Mocht' nicht mehr weiter ziehn.

Dort stand eine Jungfrau milde,
Mit Kron' und Edelgestein',
Die in das grüne Wilde
Sandten vielsüßen Schein.
Süß Singen auf und nieder,
Und Blühen zu schauen war,
Nicht Farben waren's, noch Lieder,
Eine Glorie nur mild und klar.

Himmlische Rosen neigen
Sich Ihr um Wang' und Brust,
Sie selber schien zu schweigen
Vor Wemuth und vor Lust,
Wie diese Melodien
Ihr schlagen an die Brust,
Als wollt' die Welt Sie ziehen
Liebend an Ihre Brust. —

„O Königin vielsüße,
Du schöne Waldesbraut!
Wie Dich auch alles grüße
Mit holdem Frühlingslaut:
Mehr kann Dir keiner geben,
Als ich Dir geben muß,
Es wird mein ganzes Leben
Zum blüh'nden Liebesgruß.

Wo bin ich denn gewesen
Entfernt von Dir so lang?
Jetzt bin ich erst genesen,
In süßer Liebe krank.
Ach! was ich lieb' und habe,
Es war ja immer Dein,
Laßend der Erde Gabe,
Bleib Du die Geliebte mein!"

Wie Schmerzen süß zu Schmerzen
Neigend die Königin,
Reicht Sie von Ihrem Herzen
Ihm eine Blume hin.
„Die Blume wohl bewahre!
Soll ewig Dich umblühn,
Zieht Dich nach einem Jahre
Wieder zu mir in's Grün."

Nun schwiegen Wald und Quelle,
Versunken war die Braut,
Der Wald thät' auf sich helle,
Weit in den Lenz er schaut.

Nun wußt' er, was er weinte
Allein auf grüner Au,
Was dieser Frühling meinte,
Die Luft so lind und blau.

Und wie der Lenz von neuem
Mit tausend Stimmen sang,
Da ward dem Vielgetreuen
In seinem Thal so bang.
Er kniete zu der Stunde
Hin an des Hügels Hang,
Die Blume an dem Munde,
Die duftend ihn durchdrang.

Und aus der Blum' erstunde
Ein Glorificieren mild,
Und in des Kelches Grunde
Blühte der Liebsten Bild.
Es macht' das süße Wunder
Süß alle Trähnen los,
Sog alle Sinne hinunter
In seinen Farbenschooß.

Ein wunderbares Glimmen
Nun aus dem Frühling brach,
Rings überschwänglich' Stimmen
Tief lokend wurden wach,
Die Geliebte sah er schwimmen,
Als ob Sie zu ihm sprach
Und dieses Stromes Stimmen
Zogen den Liebsten nach. —

68.
Ballate.

So bange hielten mich die dunklen Mauern,
   Wie eine Blum' war Abendglanz erschlossen;
O Klagen, Trähnen süß, so da geflossen!
   Ich armes Kind, mußt' selber mich bedauern.

Wie wunderbar hat sich's da zugetragen,
  Daß, wie von Jenseits mir ein seelig Zeichen,
Die Himmlische ich sah am Strome schreiten.

Mit großer Wünsche ew'gen Himmelreichen
  Mußt' ich den Wiesen, Thalen Abschied sagen,
Auf ewig ziehn in Waldeseinsamkeiten.

Nun rauschen Wald und Quellen wie von weiten,
  Schon blühet Dunkelheit und goldne Sterne,
So trete endlich nah mir, ewig Ferne!
  Da ich so einsam fühle mich mit Schauern.

69.

Romanze.

Felsen, Bäume, Blumen, Sterne!
Nacht, so zaubrisch aufgegangen!
Ach! wie schön hinauszutreten
In die Düft' der Pomeranzen,
Kennend weiter kein Verlangen,
Als den Durst nur nach Verlangen!
Seiden wallende Gewande,
Edelstein', Rubin, Smaragden,
Nicht noch lös' ich euch vom Leibe,
Von den Loken, weißen Armen;
Denn nicht Zierrath seid ihr mir nur,
Mit mir scheint ihr aufgewachsen,
Eine hold verträumte Blume,
Vor der Tage Stral erblaßend, —
In der Dunkelheit der Nächte
Mildes Glänzen gern entfaltend,
Felsen, Bäumen, Blumen, Sternen,
Wie ich liebe, süß zu sagen.
Also sprach Viola, die mit
Goldnen Sternen liebt' zu wachen.
Denn ein wunderbares Singen
Wohnte lange in dem Thale.

70.
Romanze.
(Andere Bearbeitung.)

Schöne Blume, die Du mit den
Goldnen Sternen liebst zu wachen,
Kennend weiter kein Verlangen,
Als den Durst nur nach Verlangen,
Lass' der Seide Zauberhimmel
Lokend, Süße, dich umwallen,
Der in Düften scheint zu rinnen
Vor des Leibes süßem Stralen.
Nicht noch raube aus den Loken,
Von dem Busen, weißen Armen
Die Karfunkel, Gold, Rubinen,
Edler Steine Zaubergarten,
Welcher süße Nächte träumet,
Von dem Abendroth der Wangen,
Von der Augen Dunkelheiten,
Von des Liebesmunds Korallen,
Von der überirrd'schen Schöne
Wunderbarem süßen Abgrund.
Denn nicht Schmuk sind sie zu nennen,
Mit Dir sind sie aufgewachsen,
Eine holde Wunderblume,
Vor des Tages Stral erblassend,
In der Stille goldner Nächte
Mildes Glänzen gern entfaltend,
Felsen, Bäumen, Blumen, Sternen,
Wie Du liebest, süß zu sagen.
Sieh! der Himmel glänzt so heiter,
Trete aus den dunklen Hallen,
Da Wald, Ströme, Thale, Sterne
Dich so liebeselig laden!

71.
Sestine.

Von Bergeshöhen Abendstralen fließen,
 Durch goldne Wipfel, die sehnsüchtig rauschen;
Da nun die Flur umblüht so seelig Träumen,

Ist auch die Erde wohl ein duft'ger Himmel,
Wo aufgegangen hold der Blumen Sterne,
Als goldne Wolken ziehn der Vögel Lieder.

So mögen auch der Schäferflöte Lieder
Aus jungem Herzen durch die Zauber fließen!
O Töne süß! nehmt mit euch Düft' und Sterne
Und Dunkelgrün und sanfter Quellen Rauschen,
Daß Sie, besiegt von solch' zaubrischem Träumen,
Auf Flur und Au aufthut der Augen Himmel.

So schwüle stand der dunkelblaue Himmel;
Wohl fühlt' ich innerst überschwänglich' Lieder,
Hört' ich von fern silberner Ströme Fließen,
Des großen Frühlings ewig lokend Rauschen,
Durch meine Nächte wandeln einsam' Sterne, —
Doch nicht erhohlen konnt' ich mich vom Träumen.

O süßer Kuß, so mich gewekt vom Träumen!
O süßer Abgrund in der Augen Himmel,
In den nun sanken meiner Blike Sterne!
Jetzt sagen tief die langverhaltnen Lieder,
Der Thränen Bronnen, die so süße fließen,
Von ew'ger Treu' in kühlen Waldes Rauschen.

Betrachtend solcher Schöne süß Berauschen,
Die nur von Blumen, Mondglanz scheint zu träumen,
Sag' ich gar oft: Solch Liebreiz mußt' vom Himmel
In stiller Nacht von goldnen Sternen fließen,
Da, wie der Erd' enthoben, meine Lieder
Nun sich besprechen mit euch, Monden, Sterne.

Euch Abendhügel und euch, goldne Sterne,
Schon funkelnd durch des dunkeln Waldes Rauschen,
Ihr Augen aus der Nächte Liebes=Träumen,
Euch schwört die junge Brust voll frommer Lieder:
Stets werd' ich knieen unter diesem Himmel,
Der so mit ew'gem Lenz will auf mich fließen!

Ihr Glanzgewand sah' ich vom Hügel fließen,
Nun senkt euch ganz, süß Dunkelheit und Sterne,
Webend um uns den goldensten der Träume!

71a.
Mariae Sehnsucht.

Es gieng Maria in den Morgen hinein,
That die Erde einen lichten Liebesschein,
Und über die fröhlichen grünen Höh'n
Sah sie den blaulichen Himmel weit stehn.
„Ach! hätt' ich ein Brautkleid von Himmelsschein,
Zwey goldene Flüglein — wie flög' ich hinein!"

Es ging Maria in stiller Nacht,
Die Erde träumte, der Himmel wacht',
Und durch's Herze, wie sie gieng und sann und dacht',
Zogen die Sterne mit goldener Macht,
„Ach, hätt' ich das Brautkleid von Himmelsschein
Und goldene Sterne gewoben drein!"

Es ging Maria im Garten allein,
Es sangen so lokend bunt' Vögelein,
Und Rosen sah sie im Grünen stehn,
Viel rothe und weiße so wunderschön.
„Ach, hätt' ich ein Knäblein, so weiß und roth,
Wie wollt' ich's lieb haben bis in den Tod!"

Nun ist wohl das Brautkleid gewoben gar,
Und goldene Sterne in's dunkele Haar,
Und im Arme die Jungfrau das Knäblein hält,
Hoch über der dunkelerbrausenden Welt,
Und vom Kindlein gehet ein Glänzen aus,
Das lokt uns nur ewig: nach Haus, nach Haus!

71b.
Trost.

Sag an, du helles Bächlein du,
Von Felsen eingeschlossen,
Du rauschst so munter immerzu,
Wo kommst du hergeflossen?

„Dort oben steht des Vaters Haus
Still in den klaren Lüften,
Da ruhn die alten Helden aus
In den krystallnen Klüften.

Ich sah den Morgen freudig stehn
Hoch auf der Felsenschwelle,
Die Adler ziehn und Ströme gehn,
Und sprang hinaus ins Helle."

Sag an, du königlicher Strom,
Was geht mein Herz mir auf,
Seh' ich dich ziehn durch Waldes Dom,
Wohin führt dich dein Lauf?

„Es treibt und rauscht der Eisenquell
Noch fort mir durch die Glieder;
Die Felsenluft, so kühl und hell,
Lockt zu mir alle Brüder."

1809.

72.
Herbstliedchen.

Flog Waldvögelein über den See,
Lieb' grüne Zeit, lieb' grüne Zeit!
Es zogen die Wolken: Ade! Ade!
Wir fliegen mitsammen gar weit, gar weit!

Es schaut Feinsliebchen vom hohen Sal,
Fern zohe der Ritter im grünen Thal;
Waldvöglein sang immerfort: Ade! —
Das that Feinsliebchen im Herzen so weh.

73.
Bin ich denn nicht auch ein Kind gewesen?

Bin ich denn nicht auch ein Kind gewesen? —
Spielte goldne, goldne Stunden,
Unbekannt noch mit dem Bösen,
Furchtlos an dem finstern Schlunde.

Spielt' so lang am Felsenrande,
Sah viel Ströme unten fließen,
Fromme Pilger ziehn im Lande —
Doch mich wollte niemand grüßen.

Denn so wild war schon mein Spielen,
Und es zukten furchtbar munter
Schon im Aug' die Flammen kühle,
Die zum Abgrund langten runter.

Und ich wandt' mich ohne Klage
Stumm im Zorne von dem Lichte,
Hinter mir die bunten Tage,
Wob die Nacht sich um mich dichte.

Und durch's Dunkel flogen Blitze
Und die flamm'nden Fahnen wehten;
Kek sucht ich des Felsen Spitze
Mußte fluchen nur, statt beten.

74.
Einsiedler.

Einsiedler will ich sein und einsam stehen,
Nicht klagen, weinen, sondern büßend beten,
Du bitt' für mich dort, daß ich besser werde!

Nur einmal, schönes Bild, laß dich mir sehen,
Nachts, wenn alle Bilder weit zurücktreten,
Und nimm mich mit dir von der dunklen Erde.

75.
Die Kleine.

Zwischen Bergen, liebe Mutter,
Weit den Wald entlang,
Reiten da drei junge Jäger
Auf drei Rößlein blank,
   lieb' Mutter,
Auf drei Rößlein blank.

I h r könnt fröhlich sein, lieb' Mutter!
Wird es draußen still:
Kommt der Vater heim vom Walde,
Küßt euch, wie er will;
   lieb' Mutter,
Küßt euch, wie er will.

Und ich werfe mich im Bettchen
Nachts ohn' Unterlaß,
Kehr' mich links und kehr' mich rechts hin,
Nirgends hab' ich was,
        lieb' Mutter,
Nirgends hab' ich was.

Bin ich eine Frau erst einmal,
In der Nacht dann still
Wend' ich mich nach allen Seiten,
Küß' soviel ich will,
        lieb Mutter,
Küß, soviel ich will.

76.
Jäger und Jägerin.

Sie.

Wär' ich ein muntres Hirschlein schlank,
Wollt' ich im grünen Walde gehn,
Spazieren gehn bei Hörnerklang,
Nach meinem Liebsten mich umsehn.

Er.

Nach meiner Liebsten mich umsehn
Thu' ich wohl, zieh' ich früh von hier,
Doch sie mag niemals zu mir gehn
Im dunkelgrünen Waldrevier.

Sie.

Im dunkelgrünen Waldrevier
Da blitzt der Liebste rosenrot,
Gefällt so sehr dem armen Tier,
Das Hirschlein wünscht, es läge tot.

Er.

Und wär' das schöne Hirschlein tot,
So möcht' ich jagen länger nicht;
Scheint überm Wald der Morgen rot:
Hüt', schönes Hirschlein, hüte dich!

Sie.

Hüt', schönes Hirschlein, hüte dich!
Spricht's Hirschlein selbst in seinem Sinn:
Wie soll ich, soll ich hüten mich,
Wenn ich so sehr verliebet bin?

Er.

Weil ich so sehr verliebet bin,
Wollt' ich das Hirschlein, schön und wild,
Aufsuchen tief im Walde drin
Und streicheln, bis es stille hielt.

Sie.

Ja, streicheln, bis es stille hielt,
Falsch locken so in Stall und Haus!
Zum Wald springt's Hirschlein frei und wild
Und lacht verliebte Narren aus.

77.
Jägerkatechismus.

Was wollt ihr in dem Walde haben,
Mag sich die arme Menschenbrust
Am Waldesgruße nicht erlaben,
Am Morgenrot und grüner Lust?

Was tragt ihr Hörner an der Seite,
Wenn ihr des Hornes Sinn vergaßt,
Wenn's euch nicht selbst lockt in die Weite,
Wie ihr vom Berg' früh morgens blast?

Ihr werd't doch nicht die Lust erjagen,
Ihr mögt durch alle Wälder gehn;
Nur müde Füß' und leere Magen —
Mir möcht' die Jägerei vergehn!

O nehmet doch die Schneiderelle,
Buckt in der Küche in den Topf!
Sonntags dann auf des Hauses Schwelle
Krau euch die Eh'frau auf dem Kopf!

Die Tierlein selber: Hirsch und Rehen
Was lustig haust im grünen Haus,
Sie fliehn auf ihre freien Höhen
Und lachen arme Wichte aus.

Doch kommt ein Jäger, wohlgeboren,
Das Horn irrt, er blitzt rosenrot,
Da ist das Hirschlein wohl verloren,
Stellt selber sich zum lust'gen Tod.

Vor allen aber die Verliebten,
Die lad' ich ein zur Jägerlust,
Nur nicht die weinerlich Betrübten;
Die recht von frisch' und starker Brust.

Mein Schatz ist Königin im Walde,
Ich stoß' ins Horn, ins Jägerhorn!
Sie hört mich fern und naht wohl balde,
Und was ich blas', ist nicht verlor'n!

78.
Studentenfahrt.

Die Jäger zieh'n in grünen Wald
Und Reiter blitzend übers Feld,
Studenten durch die ganze Welt,
So weit der blaue Himmel wallt.

Der Frühling ist der Freudensaal,
Viel tausend Böglein spielen auf,
Da schallt's im Wald bergab, bergauf:
Grüß dich, mein Schatz, viel tausendmal!

Viel rüst'ge Bursche ritterlich,
Die fahren hier in Stromes Mitt',
Wie wilde sie auch stellen sich,
Trau' mir, mein Kind, und fürcht' dich nit!

Querüber über's Wasser glatt
Laß werben deine Äugelein,
Und der dir wohlgefallen hat,
Der soll dein lieber Buhle sein.

Durch Nacht und Nebel schleich' ich sacht,
Kein Lichtlein brennt, kalt weht der Wind,
Riegl' auf, riegl' auf bei stiller Nacht,
Weil wir so jung beisammen sind!

Ade nun, Kind, und nicht geweint!
Schon gehen Stimmen da und dort,
Hoch über'n Wald Aurora scheint
Und die Studenten reisen fort.

79.
Das Mädchen.

Stand ein Mädchen an dem Fenster,
Da es draußen Morgen war,
Kämmte sich die langen Haare,
Wusch sich ihre Äuglein klar.

Sangen Vöglein aller Arten,
Sonnenschein spielt' vor dem Haus,
Draußen überm schönen Garten
Flogen Wolken weit hinaus.

Und sie dehnt' sich in den Morgen,
Als ob sie noch schläfrig sei,
Ach, sie war so voller Sorgen,
Flocht ihr Haar und sang dabei:

Wie ein Vöglein hell und reine,
Ziehet draußen muntre Lieb',
Lockt hinaus zum Sonnenscheine,
Ach, wer da zu Hause blieb'!

80.
Die Stille.

Es weiß und rät es doch keiner,
Wie mir so wohl ist, so wohl!
Ach, wüßt' es nur einer, nur einer,
Kein Mensch es sonst wissen soll!

So still ist's nicht draußen im Schnee,
So stumm und verschwiegen sind
Die Sterne nicht in der Höhe,
Als meine Gedanken sind.

Ich wünscht', es wäre schon Morgen,
Da fliegen zwei Lerchen auf,
Die überfliegen einander,
Mein Herze folgt ihrem Lauf.

Ich wünscht', ich wäre ein Vöglein
Und zöge über das Meer,
Wohl über das Meer und weiter,
Bis daß ich im Himmel wär'!

81.
Nach einem Balle. (Wahl.)

Der Tanz, der ist zerstoben,
Die Musik ist verhallt,
Wir stehen einsam droben,
Es wird so still und kalt.

Sind alle fortgezogen,
Der Morgen scheint so roth,
Ich steh am Fensterbogen
Und wünscht', ich wäre todt.

Mein Herz möcht mir zer-
    springen,
Darum so wein' ich nicht,
Darum so muß ich singen,
Bis daß der Tag anbricht.

Bis es beginnt zu tagen —
Der Strom geht still und breit.
Die Nachtigallen schlagen,
Mein Herz wird mir so weit!

Sie hat so weiße Rosen,
Sie ist so still und bleich,
Sie kann wohl fröhlich kosen,
So jung und schmerzenreich.*)

Und laß sie gehn und treiben
Und wieder nüchtern seyn,
Ich will wohl bei Dir bleiben!
Ich will Dein Liebster seyn!

---

*) Spätere Form: Du trägst so rote Rosen,
                   Du schaust so freudenreich,
                   Du kannst so fröhlich kosen,
                   Was stehst du still und bleich?

82.
Jagdlied.

Durch grünende Wipfel
Schießt güldner Strahl,
Tief unter den Gipfeln
Das neblige Thal.
Fern hallt es am Schlosse,
Das Waldhorn ruft,
Es wiehern die Rosse,
In die Luft, in die Luft!

Bald Länder und See'n
Durch Wolkenzug
Tief schimmernd zu sehen
In schwindelndem Flug,
Bald Dunkel wieder
Hüllt Reiter und Roß,
O Lieb', o Liebe
So laß mich los! —

Immer weiter und weiter
Die Klänge ziehn,
Durch Wälder und Heyden
Wohin, ach wohin?
Es dehnt sich die Erde,
Es bäumt sich die Kluft;
Mit funkelndem Schwerte
Haue die Luft!

Erquickliche Frische,
Süß=schaurige Lust!
Hoch flattern die Büsche,
Frey schlägt die Brust.
Ewig im Herzen
Blüht Morgenroth,
Hoch auf den Bergen
Allein mit Gott!

83.
Zum Abschied.

Der fleißigen Wirtin von dem Haus
Dank ich von Herzen für Trank und Schmaus
Und, was den Gast beim Mahl erfreut:
Für heitre Mien' und Freundlichkeit.

Dem Herrn vom Haus sei Lob und Preis!
Seinen Segen wünsch' ich mir auf die Reis',
Nach seiner Lieb mich sehr begehrt,
Wie ich ihn halte ehrenwert.

Und wenn mein Weg über Berge hoch geht,
Aurora sich aufthut, das Posthorn weht,
Da will ich ihm rufen von Herzen voll,
Daß er's in der Ferne spüren soll.

Ade! Schloß, heiter überm Thal,
Ihr schwülen Thäler allzumal,
Du blauer Fluß ums Schloß herum,
Ihr Dörfer, Wälder um und um.

Wohl sah ich dort eine Zaubrin gehn,
Nach ihr nur alle Blumen und Wälder sehn,
Mit hellen Augen Ströme und Seen
In stillem Schaun, wie verzaubert, stehn.

Ein jeder Strom wohl find't sein Meer,
Ein jeglich Schiff kehrt endlich her,
Nur ich treibe und sehne mich immer zu, —
O wilder Trieb! wann läßt du einmal Ruh?

84.

Frühmorgens durch die Winde kühl . . .

Frühmorgens durch die Winde kühl
Zwei Ritter hergeritten sind,
Im Garten klingt ihr Saitenspiel,
Wach' auf, wach' auf, mein schönes Kind!

Ringsum viel Schlösser schimmernd steh'n,
So silbern geht der Ströme Lauf,
Hoch, weit rings Lerchenlieder weh'n,
Schließ' Fenster, Herz und Äuglein auf!

85.

Weit in die Welt!

Hinaus, o Mensch, weit in die Welt,
Bangt dir das Herz in krankem Muth!
Nichts ist so trüb in Nacht gestellt,
Der Morgen leicht macht's wieder gut.

86.
Der Liebende.

Der Liebende steht träge auf,
Zieht ein Herr=Jemine=Gesicht
Und wünscht, er wäre tot.
Der Morgen thut sich prächtig auf,

So silbern geht der Ströme Lauf,
Die Böglein schwingen hell sich auf:
„Bad', Menschlein, dich im Morgenrot,
Dein Sorgen ist ein Wicht!"

87.
Mein Schatz, das ist ein kluges Kind.

Mein Schatz, das ist ein kluges Kind,
Die spricht: „Willst du nicht fechten,
Wir zwei geschiedne Leute sind; —
Erschlagen dich die Schlechten,
Auch keins von beiden dran gewinnt."
Mein Schatz, das ist ein kluges Kind,
Für die will ich leben und fechten.

88.
Ach, von dem weichen Pfühle.

Ach, von dem weichen Pfühle
 Was treibt dich irr umher?
 Bei meinem Saitenspiele
 Schlafe, was willst du mehr?

Bei meinem Saitenspiele
 Heben dich allzusehr
 Die ewigen Gefühle;
 Schlafe, was willst du mehr?

Die ewigen Gefühle,
 Schnupfen und Husten schwer,
 Ziehn durch die nächt'ge Kühle;
 Schlafe, was willst du mehr?

Ziehn durch die nächt'ge Kühle
Mir den Verliebten her,
Hoch auf schwindlige Pfühle;
Schlafe, was willst du mehr?

Hoch auf schwindligem Pfühle
Zähle der Sterne Heer;
Und so dir das mißfiele:
Schlafe, was willst du mehr?

89—92.
Die Freunde.

1.

Wer auf den Wogen schliefe
Ein sanft gewiegtes Kind,
Kennt nicht des Lebens Tiefe,
Vor süßem Träumen blind.

Doch wen die Stürme fassen
Zu wildem Tanz und Fest,
Wen hoch auf dunklen Straßen
Die falsche Welt verläßt:

Der lernt sich wacker rühren,
Durch Nacht und Klippen hin
Lernt der das Steuer führen
Mit sichrem, ernstem Sinn.

Der ist vom echten Kerne
Erprobt zu Lust und Pein,
Der glaubt an Gott und Sterne,
Der soll mein Schiffmann sein!

2.
An L...

Vor mir liegen deine Zeilen,
Sind nicht Worte, Schriften nicht,
Pfeile, die verwundend heilen,
Freundes=Augen, treu und schlicht.

Niemals konnte mich so rühren
Noch der Liebsten Angesicht,
Wenn uns Augen süß verführen,
Und die Welt voll Glanz und Licht:

Als in Freundes-Augen lesen
Meiner eignen Seele Wort,
Fester Treue männlich Wesen,
In Betrübnis Trost und Hort.

So verschlingen in Gedanken
Sich zwei Stämme wundertreu,
Andre dran sich mutig ranken
Kron' an Krone immer neu.

Prächt'ger Wald, wo's kühl zu wohnen,
Stille wachsend Baum an Baum,
Mit den brüderlichen Kronen
Rauschend in dem Himmelsraum!

3.
An denselben.

Mit vielem will die Heimat mich erfreuen,
   Ein heitres Schloß an blaugewundnem Flusse,
   Gesell'ge Lust, Mutwill und frohe Muße,
Der Liebe heitres Spiel, süß zu zerstreuen.

Doch wie die Tage freundlich sich erneuen,
   Fehlt doch des Freundes Brust in Thal und Muße,
   Der Ernst, der herrlich schwelget im Genusse,
Des reichen Blicks sich wahr und recht zu freuen.

Wo Zwei sich treulich nehmen und ergänzen,
   Wächst unvermerkt das freud'ge Werk der Musen.
   Drum laß mich wieder, Freund, ans Herz dich drücken!

Uns beide will noch schön das Leben schmücken
   Mit seinen reichen, heitern, vollen Kränzen,
   Der Morgenwind wühlt um den offenen Busen!

4.
An Fräulein ...

Schalkhafte Augen reizend aufgeschlagen,
  Die Brust empört, die Wünsche zu verschweigen,
  Sieht man den leichten Zelter dich besteigen,
Nach Lust und Scherzen durch den Lenz zu jagen.

Zu jung, des Lebens Ernste zu entsagen —
  Kann ich nicht länger spielen nun und schweigen.
  Wer Herrlich's fühlt, der muß sich herrlich zeigen,
Mein Ruhen ist ein ewig frisches Wagen.

Laß mich, so lang noch trunken unsre Augen,
  Ein'n blüh'nden Kranz aus den vergangnen Stunden
  Dir heiter um die weiße Stirne winden;

Frag nicht dann, was mich deinem Arm' entwunden,
  Drück fest den Kranz nur in die muntern Augen,
  Mein Haupt will auch und soll den seinen finden!

93.
An A.

Es will die Zeit mit ihrem Schutt verdecken
  Den hellen Quell, der meiner Brust entsprungen,
  Umsonst Gebete himmelan geschwungen,
Sie mögen nicht das Ohr der Gnade wecken.

So laß die Nacht die grausen Flügel strecken,
  Nur immerzu, mein tapfres Schiff, gedrungen!
  Wer einmal mit den Wogen hat gerungen,
Fühlt sich das Herz gehoben in den Schrecken.

Schießt zu, trefft, Pfeile, die durchs Dunkel schwirren!
  Ruhvoll um Klippen überm tück'schen Grunde
  Lenk' ich mein Schiff, wohin die Sterne winken.

Mag dann der Steuermann nach langem Irren,
  Rasch ziehend alle Pfeile aus der Wunde,
  Tot an der Heimatküste niedersinken!

94.
Der Riese.

Es saß ein Mann gefangen
  Auf einem hohen Turm,
Die Wetterfähnlein klangen
  Gar seltsam in den Sturm.

Und draußen hört' er ringen
  Verworrner Ströme Gang,
Dazwischen Böglein singen
  Und heller Waffen Klang.

Ein Liedlein scholl gar lustig:
  Heisa, so lang Gott will!
Und wilder Menge Tosen;
  Dann wieder totenstill.

So tausend Stimmen irren,
  Wie Wind' im Meere gehn,
Sich teilen und verwirren,
  Er konnte nichts verstehn.

Doch spürt' er, wer ihn grüße,
  Mit Schaudern und mit Lust,
Es rührt ihm wie ein Riese
  Das Leben an die Brust.

95.
Auf dem Schwedenberge bei Lubowitz.

Da hoben bunt und bunter
  Sich Zelte in die Luft,
Und Fähnlein wehten munter
  Herunter von der Kluft.

Und um die leichten Tische
  An jenem Bächlein klar,
Saß in der kühlen Frische
  Der lust'gen Reiter Schar.

Eilt' durch die rüst'gen Zecher
Die Marketenderin,
Reicht' flüchtig ihre Becher,
Nimmt flücht'ge Küsse hin.

Da war ein Toben, Lachen,
Weit in den Wald hinein,
Die Trommel ging, es brachen
Die lust'gen Pfeifen drein.

Durch die verworrnen Klänge
Stürmt' fort manch wilde Brust,
Da schallten noch Gesänge
Von Freiheit und von Lust.

Fort ist das bunte Toben,
Verklungen Sang und Klang,
Und stille ist's hier oben
Viel hundert Jahre lang.

Du Wald, so dunkelschaurig,
Waldhorn, du Jägerslust!
Wie lustig und wie traurig
Rührst du mir an die Brust!

96.
Klage.

O könnt' ich mich niederlegen
Weit in den tiefsten Wald,
Zu Häupten den guten Degen,
Der noch von den Vätern alt,

Und dürft' von allem nichts spüren
In dieser dummen Zeit,
Was sie da unten hantieren,
Von Gott verlassen, zerstreut;

Von fürstlichen Thaten und Werken,
Von alter Ehre und Pracht,
Und was die Seele mag stärken,
Verträumend die lange Nacht!

Denn eine Zeit wird kommen,
Da macht der Herr ein End',
Da wird den Falschen genommen
Ihr unrechtes Regiment.

Denn wie die Erze vom Hammer,
So wird das lockre Geschlecht
Gehaun sein von Not und Jammer
Zu festem Eisen recht.

Da wird Aurora tagen
Hoch über den Wald hinauf,
Da giebt's was zu singen und schlagen,
Da wacht, ihr Getreuen, auf.

97.
Geistesgruß.

Nächtlich dehnen sich die Stunden,
Unschuld schläft in stiller Bucht,
Fernab ist die Welt verschwunden,
Die das Herz in Träumen sucht.

Und der Geist tritt auf die Zinne,
Und noch stiller wird's umher,
Schauet mit dem starren Sinne
In das wesenlose Meer.

Wer ihn sah bei Wetterblicken
Stehn in seiner Rüstung blank:
Den mag nimmermehr erquicken
Reichen Lebens frischer Drang.

Fröhlich an den öden Mauern
Schweift der Morgensonne Blick,
Da versinkt das Bild mit Schauern
Einsam in sich selbst zurück.

98.
An die Dichter.

Wo treues Wollen, redlich Streben
Und rechten Sinn der Rechte spürt,
Das muß die Seele ihm erheben,
Das hat mich jedesmal gerührt.

Das Reich des Glaubens ist geendet,
Zerstört die alte Herrlichkeit,
Die Schönheit weinend abgewendet,
So Götterlos ist unsre Zeit.

O Einfalt gut in frommen Herzen,
Du züchtge, schöne Gottesbraut!
Dich schlugen sie mit frechen Scherzen,
Weil Dir vor ihrer Klugheit graut.

Wo findst Du nun ein Haus, vertrieben,
Wo man Dir Deine Wunder läßt,
Das treue Thun, das schöne Lieben,
Des Lebens still unschuldig Fest?

Wo findst Du Deinen alten Garten,
Dein Spielzeug, wunderbares Kind,
Der Sterne heilge Redensarten,
Das Morgenroth, den blauen Wind?

Wie hat die Sonne schön geschienen,
Nun ist so müd' und alt die Zeit;
Wie stehst so jung Du unter ihnen,
Wie wird mein Herz mir stark und weit!

Der Dichter kann nicht mit verarmen;
Wenn alles um ihn her zerfällt,
Hebt ihn ein göttliches Erbarmen —
Der Dichter ist das Herz der Welt.

Den dunklen Willen aller Weesen,
Im Irrdischen die heilge Spur,
Soll er durch Liebeskraft erlösen,
Der schöne Liebling der Natur.

Drum hat ihm Gott das Wort gegeben,
Das schnell das Dunkelste benennt,
Den frommen Ernst im schönen Leben,
Die Freudigkeit, die keiner kennt.

Da soll er singen frei auf Erden,
In Lust und Noth auf Gott vertraun,
Daß alle Herzen lustig werden
Und innerlichst sich still erbaun.

Der Ehre sei er recht zum Horte,
Der Sünde leucht' er ins Gesicht,
Viel Wunderkraft ist in dem Worte,
Das hell aus reinem Herzen bricht.

Vor Eitelkeit soll er vor allen
Streng hüten sein unschuldges Herz,
In eitlem Witz sich nicht gefallen,
Das Höchste duldet keinen Scherz.

O laßt unedle Mühe fahren,
O spielt in Wortgeklinge nicht,
Nicht mit der Gnad', die ihr erfahren,
Zur Sünde wird sonst das Gedicht!

Den lieben Gott laß in dir walten,
Aus frischer Brust nur treulich sing'!
Was w a h r an dir, wird sich gestalten,
Das andre ist erbärmlich Ding. —

Den Morgen seh' ich fröhlich scheinen,
Die Oder ziehn im grünen Grund,
Mir ist so wohl — die's redlich meynen,
Die grüß ich all' aus Herzensgrund!

1810.

99.

An —

Was lebte, rollt' zum Himmel aus dem Thale,
  Des Ritters Mut, Gesanges feur'ge Zungen,
  Und aus den Felsen Münster kühn geschwungen,
Das Kreuz erhebend hoch im Morgenstrahle.

Versunken sind die alten Wundermale,
 Nur eine Waldkapelle unbezwungen,
 Blieb einsam stehen über Niederungen,
 Die läutet fort und fort hinab zum Thale.

Was frägt die Menge, ob's der Wind verwehe, —
 Nur ein'ge trifft der Laut, die stehn erschrocken,
 Und mahnend lockt's wie Heimweh sie zur Höhe.

Ein heit'rer Greis zieht oben still die Glocken,
 Reicht fest die Hand und führt aus der Verheerung
 Durchs alte Thor die Treuen zur Verklärung.

100.

An . . .

Wie nach festen Felsenwänden
Muß ich in der Einsamkeit
Stets auf Dich die Blicke wenden.
Alle, die in guter Zeit
Bei mir waren, sah ich scheiden
Mit des falschen Glückes Schaum,
Du bliebst schweigend mir im Leiden,
Wie ein treuer Tannenbaum,
Ob die Felder lustig blühn,
Ob der Winter zieht heran,
Immer finster, immer grün —
Reich die Hand mir, wackrer Mann.

101.

Nachtfeier.

Decket Schlaf die weite Runde,
Muß ich oft am Fenster lauschen,
Wie die Ströme unten rauschen,
Räder sausen kühl im Grunde,
Und mir ist so wohl zur Stunde;

Denn hinab vom Felsenrande
Spür' ich Freiheit, uralt Sehnen,
Fromm zerbrechend alle Bande,
Über Wälder, Strom und Lande
Keck die großen Flügel dehnen.

Was je großes brach die Schranken,
Seh' ich durch die Stille gehen,
Helden auf den Wolken stehen,
Ernsten Blickes, ohne Wanken
Und es wollen die Gedanken
Mit den guten Alten hausen,
Sich in ihr Gespräch vermischen,
Das da kommt in Waldesbrausen.
Manchem füllt's die Brust mit Grausen,
Mich soll's laben und erfrischen!

Tag und Regung war entflohen,
Übern See nur kam Geläute
Durch die mondenhelle Weite,
Und rings brannten auf den hohen
Alpen still die bleichen Lohen,
Ew'ge Wächter echter Weihe,
Als, erhoben vom Verderben
Und vom Jammer, da die Dreie
Einsam traten in das Freie,
Frei zu leben und zu sterben.

Und so wachen heute viele
Einsam über ihrem Kummer;
Unerquickt von falschem Schlummer,
Aus des Wechsels wildem Spiele
Schauend fromm nach einem Ziele.
Durch die öde stumme Leere
Fühl' ich mich Euch still verbündet;
Ob der Tag das Recht verkehre,
Ewig strahlt der Stern der Ehre
Kühn in heil'ger Nacht entzündet.

102.
Zorn.

Seh' ich im verfall'nen dunkeln
Haus die alten Waffen hangen,
Zornig aus dem Roste funkeln,
Wenn der Morgen aufgegangen,

Und den letzten Klang verflogen,
Wo im wilden Zug der Wetter,
Auf's gekreutzte Schwert gebogen,
Einst gehaust des Landes Retter;

Und ein neu Geschlecht von Zwergen
Schwindelnd um die Felsen klettern,
Frech, wenn's sonnig auf den Bergen,
Feige krümmend sich in Wettern,

Ihres Heylands Blut und Thränen
Spottend noch einmal verkaufen,
Ohne Klage, Wunsch und Sehnen
In der Zeiten Strom ersaufen;

Denk' ich dann, wie Du gestanden
Treu, da niemand treu geblieben:
Möcht' ich, über unsre Schande
Tiefentbrannt in zorn'gem Lieben,

Wurzeln in der Felsen Marke,
Und empor zu Himmels Lichten,
Stumm anstrebend wie die starke
Riesentanne mich aufrichten.

103.
Symmetrie.

O Gegenwart wie bist du schnelle,
Zukunft, wie bist du morgenhelle,
  Vergangenheit so abendrot!

Das Abendrot soll ewig stehen,
Die Morgenhelle frisch drein wehen,
  So ist die Gegenwart nicht tot.

Der Thor, der lahmt auf einem Bein,
  Das ist gar nicht zu leiden,
Schlagt ihm das andre Bein entzwei,
  So hinkt er doch auf beiden!

104.
Heimkehr.

Heimwärts kam ich spät gezogen
Nach dem väterlichen Haus,
Die Gedanken weit geflogen
Über Berg und Thal voraus.
„Nur noch hier aus diesem Walde!"
Sprach ich, streichelt' sanft mein Roß,
„Goldnen Haber kriegst du balde,
Ruhn wir aus auf lichtem Schloß."

„Doch warum auf diesen Wegen
Sieht's so still und einsam aus?
Kommt denn keiner mir entgegen,
Bin ich nicht mehr Sohn vom Haus?
Kein' Hoboe hör' ich schallen,
Keine bunte Truppe mehr
Seh' ich froh den Burgpfad wallen —
Damals ging es lust'ger her."

Über die verguld'ten Zinnen
Trat der Monden eben vor,
„Holla ho! ist niemand drinnen?
Fest verriegelt ist das Thor.
Wer will in der Nacht mich weisen
Von des Vaters Hof und Haus!"
Mit dem Schwert hau' ich die Eisen,
Und das Thor springt rasselnd auf.

Doch was seh' ich! wüst, verfallen
Zimmer, Hof und Bogen sind,
Einsam meine Tritte hallen,
Durch die Fenster pfeift der Wind.

Alle Ahnenbilder lagen
Glanzlos in den Schutt verwühlt,
Und die Zither drauf, zerschlagen,
Auf der ich als Kind gespielt.

Und ich nahm die alte Zither,
Trat ans Fenster voller Gras,
Wo so ofte hinterm Gitter
Sonst die Mutter bei mir saß:
Gern mit Märlein mich erbaute,
Daß ich still saß, Abendrot,
Strom und Wälder fromm beschaute —
„Mutter, bist du auch schon tot?"

So war ich in' Hof gekommen, —
Was ich da auf einmal sah,
Hat den Atem mir benommen,
Bleibt mir bis zum Tode nah:
Aufrecht saßen meine Ahnen,
Und kein Laut im Hofe ging,
Eingehüllt in ihre Fahnen,
Da im ewig stillen Ring.

Und den Vater unter ihnen
Sah ich sitzen an der Wand,
Streng und steinern seine Mienen,
Doch in tiefster Brust bekannt;
Und in den gefaltnen Händen
Hielt er ernst ein blankes Schwert,
Thät die Blicke niemals wenden,
Ewig auf den Stahl gekehrt.

Da rief ich aus tiefsten Schmerzen:
„Vater, sprich ein einzig Wort,
Wälz den Fels von deinem Herzen,
Starre nicht so ewig fort!
Was das Schwert mit seinen Scheinen,
Rede, was dein Schauen will;
Denn mir graust durch Mark und Beine,
Wie du so entsetzlich still."

Morgenleuchten kam geflogen,
Und der Vater ward so bleich,
Adler hoch darüber zogen
Durch das klare Himmelreich,
Und der Väter stiller Orden
Sank zur Ruh in Ewigkeit;
Steine, wie es lichte worden,
Standen da im Hof zerstreut.

Nur der Degen blieb da droben
Einsam liegen überm Grab;
„Seit denn Hab' und Gut zerstoben,
Wenn ich dich, du Schwert, nur hab'!"
Und ich faßt' es. — Leute wühlten
Übern Berg, hinab, hinauf,
Ob sie für verrückt mich hielten —
Mir ging hell die Sonne auf.

105.

Gebet.

Was soll ich, auf Gott nur bauend,
Schlechter sein, als all die andern,
Die, so wohlbehaglich schauend,
Froh dem eignen Nichts vertrauend,
Die gemeine Straße wandern?

Warum gabst du mir die Güte,
Die Gedanken himmelwärts,
Und ein ritterlich Gemüte,
Das die Treue heilig hüte
In der Zeit treulosem Scherz?

Was hast du mich blank gerüstet,
Wenn mein Volk mich nicht begehrt,
Keinen mehr nach Freiheit lüstet,
Daß mein Herz, betrübt verwüstet,
Nur dem Grabe zugekehrt?

Laß die Ketten mich zerschlagen,
Frei zum schönen Gottesstreit
Deine hellen Waffen tragen,
Fröhlich beten, herrlich wagen.
Gieb zur Kraft die Freudigkeit!

106—107.
Mahnung.

1.

In Wind verfliegen sah ich, was wir klagen,
  Erbärmlich Volk um falscher Götzen Thronen,
  Wen'ger Gedanken, deutschen Landes Kronen,
  Wie Felsen aus dem Jammer einsam ragen.

Da mocht' ich länger nicht nach euch mehr fragen,
  Der Wald empfing, wie rauschend! den Entflohnen
  In Burgen alt, an Stromeskühle wohnen
  Wollt' ich auf Bergen bei den alten Sagen.

Da hört' ich Strom und Wald dort so mich tadeln:
  „Was willst, Lebend'ger du, hier überm Leben,
  Einsam verwildernd in den eignen Tönen?

Es soll im Kampf der rechte Schmerz sich adeln,
  Den deutschen Ruhm aus der Verwüstung heben,
  Das will der alte Gott von seinen Söhnen!"

2.

Wohl mancher dem die wirbligen Geschichten
  Der Zeit das ehrlich deutsche Herz zerschlagen,
  Mag, wie Prinz Hamlet, zu sich selber sagen:
  Weh! daß zur Welt ich kam, sie einzurichten!

Weich, aufgelegt zu Lust und fröhlichen Dichten,
  Möcht' er so gern sich mit der Welt vertragen,
  Doch, Rache fordernd, aus den leichten Tagen
  Sieht er der Väter Geist sich stets aufrichten.

Ruhlos und tödlich ist die falsche Gabe:
  Des Großen Wink im tiefsten Marke spüren,
  Gedanken rastlos — ohne Kraft zum Werke.

Entschließ dich, wie du kannst nun, doch das merke:
Wer in der Not nichts mag, als Lauten rühren,
Des Hand dereinst wächst mahnend aus dem Grabe.

108.
Der Tiroler Nachtwache.

In stiller Bucht, bei finstrer Nacht,
Schläft tief die Welt im Grunde,
Die Berge rings stehn auf der Wacht,
Der Himmel macht die Runde,
Geht um und um,
Ums Land herum,
Mit seinen goldnen Scharen
Die Frommen zu bewahren.

Kommt nur heran mit eurer List,
Mit Leitern, Strick und Banden,
Der Herr doch noch viel stärker ist,
Macht euren Witz zu schanden.
Wie war't ihr klug!
Nun schwindelt Trug
Hinab vom Felsenrande —
Wie seid ihr dumm! o Schande!

Gleichwie die Stämme in dem Wald
Woll'n wir zusammenhalten,
Ein' feste Burg, Trutz der Gewalt,
Verbleiben treu die alten.
Steig, Sonne, schön!
Wirf von den Höhn
Nacht und die mit ihr kamen,
Hinab in Gottes Namen.

109.
An die Tiroler.

Bei Waldesrauschen, kühnem Sturz der Wogen,
  Wo Herden einsam läuten an den Klüften,
  Habt ihr in eurer Berge heitern Lüften
Der Freiheit Lebensatem eingesogen.

Euch selbst die Retter, seid ihr ausgezogen,
Wie helle Bäche brechen aus den Klüften;
Hinunter schwindelt Tücke nach den Schlüften,
Der Freiheit Burg sind eure Felsenbogen.

Hochherzig Volk, Genosse größrer Zeiten!
Du sinkst nun in der eignen Häuser Brande,
Zum Himmel noch gestreckt die freien Hände.

O Herr! laß diese Lohen wehn, sich breiten
Auffordernd über alle deutschen Lande,
Und wer da fällt, dem schenk' so glorreich Ende!

110.
An die Meisten.

Ist denn alles ganz vergebens?
Freiheit, Ruhm und treue Sitte,
Ritterbild des alten Lebens,
Zog im Lied durch eure Mitte
Hohnverlacht als Don Quixote;
Euch deckt Schlaf mit plumper Pfote,
Und die Ehre ist euch Zote.

Ob sich der Kampf erneut', verglicke,
Ob sich roh Gebirgsvolk raufe,
Sucht der Klügre Weg und Schliche,
Wie er nur sein Haus erlaufe.
Ruhet, stützet nur und haltet!
Untersinkt, was ihr gestaltet,
Wenn der Mutterboden spaltet.

Wie so lustig, ihr Poeten,
An den blumenreichen Hagen
In dem Abendgold zu flöten,
Quellen, Nymphen nachzujagen!
Wenn erst mut'ge Schüsse fallen,
Von den schönen Wiederhallen
Laßt ihr zart Sonette schallen.

Wohlfeil Ruhm sich zu erringen,
Jeder ängstlich schreibt und treibet;
Keinem möcht' das Herz zerspringen,
Glaubt sich selbst nicht, was er schreibet,
Seid ihr Männer, seid ihr Christen?
Glaubt ihr, Gott zu überlisten,
So in Selbstsucht feig zu nisten?

Einen Wald doch kenn' ich droben,
Rauschend mit den grünen Kronen,
Stämme brüderlich verwoben,
Wo das alte Recht mag wohnen,
Manche auf sein Rauschen merken,
Und ein neu Geschlecht wird stärken
Dieser Wald zu deutschen Werken.

111.
Der Jäger Abschied.

Wer hat dich, du schöner Wald,
Aufgebaut so hoch da droben?
Wohl den Meister will ich loben,
So lang noch mein' Stimm erschallt.
Lebe wohl,
Lebe wohl, du schöner Wald!

Tief die Welt verworren schallt,
Oben einsam Rehe grasen,
Und wir ziehen fort und blasen,
Daß es tausendfach verhallt:
Lebe wohl,
Lebe wohl, du schöner Wald!

Banner, der so kühle wallt!
Unter deinen grünen Wogen
Hast du treu uns aufgezogen,
Frommer Sagen Aufenthalt!
Lebe wohl,
Lebe wohl, du schöner Wald!

Was wir still gelobt im Wald,
Wollen's draußen ehrlich halten,
Ewig bleiben treu die Alten:
Deutsch Panier, das rauschend wallt,
Lebe wohl!
Schirm dich Gott, du schöner Wald!

112.
Auf dem Rhein.

Kühle auf dem schönen Rheine
Fuhren wir vereinte Brüder,
Tranken von dem goldnen Weine,
Singend gute deutsche Lieder.
Was uns dort erfüllt die Brust,
Sollen wir halten,
Niemals erkalten,
Und vollbringen treu mit Lust!
Und so wollen wir uns teilen,
Eines Fels verschiedne Quellen,
Bleiben so auf hundert Meilen
Ewig redliche Gesellen!

113.
Abschied.
Im Walde bei Lubowitz.

O Thäler weit, o Höhen,
O schöner, grüner Wald,
Du meiner Lust und Wehen
Andächt'ger Aufenthalt!
Da draußen, stets betrogen,
Saust die geschäft'ge Welt,
Schlag noch einmal die Bogen
Um mich, du grünes Zelt!

Wenn es beginnt zu tagen,
Die Erde stampft und blinkt,
Die Vögel lustig schlagen,
Daß dir dein Herz erklingt:

Da mag vergehn, verwehen
Das trübe Erdenleid,
Da sollst du auferstehen
In junger Herrlichkeit!

Da steht im Wald geschrieben
Ein stilles, ernstes Wort
Von rechtem Thun und Lieben,
Und was des Menschen Hort.
Ich habe treu gelesen
Die Worte, schlicht und wahr,
Und durch mein ganzes Wesen
Ward's unaussprechlich klar.

Bald werd' ich dich verlassen,
Fremd in die Fremde gehn,
Auf buntbewegten Gassen
Des Lebens Schauspiel sehn;
Und mitten in dem Leben
Wird deines Ernsts Gewalt
Mich Einsamen erheben,
So wird mein Herz nicht alt.

114.
Erwartung.

O schöne bunte Vögel,
Wie singt ihr gar so hell!
O Wolken, luft'ge Segel,
Wohin so schnell, so schnell?

Ihr alle, ach, gemeinsam
Fliegt zu der Liebsten hin,
Sagt ihr, wie ich hier einsam
Und voller Sorgen bin.

Im Walde steh' und laur' ich,
Verhallt ist jeder Laut,
Die Wipfel nur wehn schaurig,
O komm, du süße Braut!

Schon sinkt die dunkelfeuchte
Nacht rings auf Wald und Feld,
Des Mondes hohe Leuchte
Tritt in die stille Welt.

Wie schauert nun im Grunde
Der tiefsten Seele mich!
Wie öde ist die Runde
Und einsam ohne dich!

Was rauscht? — Sie naht von ferne! —
Nun, Wald, rausch von den Höhn,
Nun laß Mond, Nacht und Sterne
Nur auf- und untergehn!

115.
Leid und Lust.

Euch, Wolken, beneid' ich
In blauer Luft,
Wie schwingt ihr euch freudig
Über Berg und Kluft!

Mein Liebchen wohl seht ihr
Im Garten gehn,
Am Springbrunnen steht sie
So morgenschön.

Und wäscht an der Quelle
Ihr goldenes Haar,
Die Äugelein helle,
Und blickt so klar.

Und Busen und Wangen
Dürft ihr da sehn. —
Ich brenn' vor Verlangen,
Und muß hier stehn!

Euch, Wolken, bedaur' ich
Bei stiller Nacht;
Die Erde bebt schaurig,
Der Mond erwacht;

Da führt mich ein Bübchen
Mit Flügelein fein,
Durch's Dunkel zum Liebchen,
Sie läßt mich ein.

Wohl schaut ihr die Sterne
Weit, ohne Zahl,
Doch bleiben sie ferne
Euch allzumal.

Mir leuchten zwei Sterne
Ins Herz hinab,
Die bleiben mir gerne
Nah bis ins Grab.

Euch grüßt mit Gefunkel
Der Waßerfall,
Und tief aus dem Dunkel
Die Nachtigall.

Doch süßer es tönet
Als Wellentanz,
Wenn Liebchen hold stöhnet:
„Dein bin ich ganz!"

So seegelt denn traurig
In öder Pracht!
Euch, Wolken, bedaur' ich
Bei süßer Nacht.

116.

Frische Fahrt.

Laue Luft kommt blau geflossen,
Frühling, Frühling soll es sein!
Waldwärts Hörnerklang geschossen,
Mut'ger Augen lichter Schein;
Und das Wirren bunt und bunter
Wird ein magisch wilder Fluß,
In die schöne Welt hinunter
Lockt dich dieses Stromes Gruß.

Und ich mag mich nicht bewahren!
Weit von euch treibt mich der Wind,
Auf dem Strome will ich fahren,
Von dem Glanze selig blind!
Tausend Stimmen lockend schlagen,
Hoch Aurora flammend weht,
Fahre zu! ich mag nicht fragen,
Wo die Fahrt zu Ende geht!

117.
Morgenritt.

Als noch Lieb' mit mir im Bunde,
Hatt' ich Ruhe keine Stunde;
Wenn im Schloß noch alle schliefen,
War's, als ob süß' Stimmen riefen,
Tönend bis zum Herzensgrunde:
„Auf! schon goldne Strahlen dringen,
Heiter funkeln Wald und Garten,
Neu erquickt die Vögel singen,
Läßt du so dein Liebchen warten?"
Und vom Lager mußt' ich springen.

Doch kein Licht noch sah ich grauen,
Draußen durch die nächtlich lauen
Räume nur die Wolken flogen,
Daß die Seele, mitgezogen,
Gern versank im tiefen Schauen.
Unten dann die weite Runde,
Schlösser glänzend fern erhoben,
Nachtigallen aus dem Grunde,
Alles wie im Traum verwoben,
Mit einander still im Bunde.

Wach blieb ich am Fenster stehen,
Kühler schon die Lüfte wehen,
Rot schon rings des Himmels Säume,
Regten frischer sich die Bäume,
Stimmen hört' ich fernab gehen:

Und durch Thüren, öde Bogen,
Zürnend, daß die Riegel klungen,
Bin ich heimlich ausgezogen,
Bis, befreit aufs Roß geschwungen,
Morgenwinde mich umflogen.

Läßt der Morgen von den Höhen
Weit die roten Fahnen wehen,
Wiederhall in allen Lüften,
Losgerissen aus den Klüften
Silberner die Ströme gehen:
Spürt der Mann die frischen Geister,
Draußen auf dem Feld, zu Pferde,
Alle Ängste keck zerreißt er,
Dampfend unter ihm die Erde,
Fühlt er hier sich Herr und Meister.

Und so öffnet' ich die schwüle
Brust aufatmend in der Kühle,
Locken fort aus Stirn und Wange,
Daß der Strom mich ganz umfange,
Frei das blaue Meer umspüle,
Mit den Wolken, eilig fliehend,
Mit der Ströme lichtem Grüßen
Die Gedanken fröhlich ziehend,
Weit voraus vor Wolken, Flüssen —
Ach! ich fühlte, daß ich blühend!

Und im schönen Garten droben,
Wie aus Träumen erst gehoben,
Sah ich still mein Mädchen stehen,
Über Fluß und Wälder gehen
Von der heitern Warte oben
Ihre Augen licht und helle,
Wann der Liebste kommen werde. —
Ja, da kam die Sonne schnelle,
Und weit um die ganze Erde
War es morgenschön und helle!

1811.

118.
Zwielicht.

Dämmrung will die Flügel spreiten
Schaurig rühren sich die Bäume,
Wolken ziehn wie schwere Träume —
Was will dieses Graun bedeuten?

Hast ein Reh du lieb vor andern,
Laß es nicht alleine grasen,
Jäger ziehn im Wald und blasen,
Stimmen hin und wieder wandern.

Hast du einen Freund hienieden,
Trau ihm nicht zu dieser Stunde,
Freundlich wohl mit Aug' und Munde,
Sinnt er Krieg im tück'schen Frieden.

Was heut müde gehet unter,
Hebt sich morgen neugeboren,
Manches bleibt in Nacht verloren —
Hüte dich, bleib wach und munter!

119.
Der Sänger.

Ich reise übers grüne Land,
Der Winter ist vergangen,
Hab' um den Hals ein gülden Band,
Daran die Laute hangen.

Der Morgen thut ein' goldnen Schein,
Den recht mein Herze spüret,
Da greif' ich in die Saiten ein,
Der liebe Gott mich führet.

So silbern geht der Ströme Lauf,
Fernüber schallt Geläute,
Die Seele ruft in sich: Glück auf!
Es grüßen frohe Leute.

Mein Herz ist recht von Diamant
Ein' Blum' von Edelsteinen,
Die funkelt lustig übers Land
In tausend schönen Scheinen.

Vom Schloße in die weite Welt
Schaut eine Jungfrau munter,
Der Liebste sie im Arme hält,
Die sehn nach mir hinunter.

Sie ist so schön! Hinaus, im Wald
Gehn Waßer auf und unter,
Im grünen Wald sing', daß es schallt,
Mein Herz, sei wieder munter!

Die Sonne uns im Dunklen läßt,
Im Meere sich zu spülen,
Da ruh' ich aus vom schönen Fest,
Still in der rothen Kühle.

Hoch führet durch die stille Nacht
Der Mond die goldnen Schafe,
Den Kreiß der Erden Gott bewacht,
Wo ich tief unten schlafe. —

Wie liegt all' falsche Pracht so weit!
Schlaf wohl auf stiller Erde,
Gott schütz' dein Herz in Ewigkeit,
Daß es nie traurig werde!

120.

Die Spielleute.

Frühmorgens durch die Klüfte
Wir blasen Viktoria!
Eine Lerche fährt in die Lüfte:
„Die Spielleut' sind schon da!"
Da dehnt ein Turm und reckt sich
Verschlafen im Morgengrau,
Wie aus dem Traume streckt sich
Der Strom durch die stille Au,

Und ihre Äuglein balde
Thun auf, die Bächlein all
Im Wald im grünen Walde,
Das ist ein lust'ger Schall!

Das ist ein lust'ges Reisen,
Der Eichbaum kühl und frisch
Mit Schatten, wo wir speisen,
Deckt uns den grünen Tisch.
Zum Frühstück musizieren
Die muntern Vögelein,
Der Wald, wenn sie pausieren,
Stimmt wunderbar mit ein,
Die Wipfel thut er neigen,
Als gesegnet' er uns das Mahl,
Und zeigt uns zwischen den Zweigen
Tief unten das weite Thal.

Tief unten da ist ein Garten,
Da wohnt eine schöne Frau,
Wir können nicht lange warten,
Durchs Gitterthor wir schaun,
Wo die weißen Statuen stehen,
Da ist's so still und kühl,
Die Wasserkünste gehen,
Der Flieder duftet schwül.
Wir ziehen vorbei und singen
In der stillen Morgenzeit,
Sie hört's im Traume klingen,
Wir aber sind schon weit.

121—129.

Der verliebte Reisende.

1.

Da fahr' ich still im Wagen,
Du bist so weit von mir,
Wohin er mich mag tragen,
Ich bleibe doch bei dir.

Da fliegen Wälder, Klüfte
Und schöne Thäler tief,
Und Lerchen hoch in Lüften,
Als ob dein' Stimme rief.

Die Sonne lustig scheinet
Weit über das Revier,
Ich bin so froh verweinet
Und singe still in mir.

Vom Berge geht's hinunter,
Das Posthorn schallt im Grund,
Mein' Seel' wird mir so munter,
Grüß' dich aus Herzensgrund.

2.
(Andenken.)

Ich geh' durch die dunkelen Gaßen
Und wandre von Haus zu Haus,
Ich kann mich noch immer nicht fassen,
Sieht alles so trübe aus.

Da gehen viel Männer und Frauen,
Die alle so lustig sehn,
Die fahren und lachen und bauen,
Daß mir die Sinne vergehn.

Oft, wenn ich bläuliche Streifen
Seh' über den Himmel fliehn,
Sonnenschein draußen schweifen,
Wolken am Himmel ziehn:

Da treten mitten im Scherze
Die Thränen ins Auge mir
Ach! Denn die mich lieben von Herzen,
Sind alle so weit von hier!

3.

Lied, mit Thränen halb geschrieben,
Dort hinüber Berg und Kluft,
Wo die Liebste mein geblieben,
Schwing dich durch die blaue Luft!

Ist sie rot und lustig, sage:
Ich sei krank von Herzensgrund;
Weint sie nachts, sinnt still bei Tage,
Ja, dann sag: ich sei gesund.

Ist vorbei ihr treues Lieben,
Nun, so end' auch Lust und Not,
Und zu allen, die mich lieben,
Flieg und sage: ich sei tot:

4.

Ach Liebchen, dich ließ ich zurücke,
Mein liebes, herziges Kind,
Da lauern viel Menschen voll Tücke,
Die sind dir so feindlich gesinnt.

Die möchten so gerne zerstören
Auf Erden das schöne Fest,
Ach könnte das Lieben aufhören,
So mögen sie nehmen den Rest!

Und alle die grünen Orte,
Wo wir gegangen im Wald,
Die sind nun wohl anders geworden,
Da ist's nun so stille und kalt.

Da sind nun am kalten Himmel
Viel tausend Sterne gestellt,
Es scheinet ihr goldnes Gewimmel
Weit übers beschneite Feld.

Meine Seele ist so beklommen,
Die Gaßen sind leer und todt,
Da hab' ich die Laute genommen
Und singe in meiner Noth.

Ach wär' ich im stillen Hafen!
Kalte Winde am Fenster gehn,
Schlaf ruhig, mein Liebchen, schlafe,
Treu' Liebe wird ewig bestehn!

5.
(Frühlingslied.)

Grün war die Weide,
 Der Himmel blau,
Wir schwuren beide
 Ewige Treu'.

Lenz ist's wohl wieder,
 Ferne ich bin;
Liebt fern noch lieber
 Der treue Sinn.

Verweinten Bliken
 Grünet die Au,
Goldene Brüken
 Schlägt er durch's Blau.

Frauen und Reiter
 Ziehen in's Grün
Wohin so eilst Du
 Fluß, blauer Fluß!

Soll ich nun beten?
 Singen im Schein
Von Lust und Scherzen
 Und großem Leid?

Blau ist der Himmel,
 Blau ist die Treu',
Schlägt um den Frühling
 Die Zauberei.

6.

Wolken, wälderwärts gegangen,
Wolken, fliegend übers Haus,
Könnt' ich an euch mich hangen,
Mit euch fliegen weit hinaus!

Tag'lang durch die Wälder schweif' ich,
Voll Gedanken sitz' ich still,
In die Saiten flüchtig greif' ich,
Wieder dann auf einmal still.

Schöne, rührende Geschichten,
Fallen ein mir, wo ich steh',
Lustig muß ich schreiben, dichten,
Ist mir selber gleich so weh.

Manches Lied, das ich geschrieben
Wohl vor manchem langen Jahr,
Da die Welt von treuem Lieben
Schön mir überglänzet war;

Find' ich's wieder jetzt voll Bangen:
Werd' ich wunderbar gerührt,
Denn so lange ist vergangen,
Was mich zu dem Lied verführt.

Diese Wolken ziehen weiter,
Alle Vögel sind erweckt,
Und die Gegend glänzet heiter,
Weit und fröhlich aufgedeckt.

Regen flüchtig abwärts gehen,
Scheint die Sonne zwischendrein,
Und dein Haus, dein Garten stehen
Überm Wald im stillen Schein.

Doch du harrst nicht mehr mit Schmerzen,
Wo so lang' dein Liebster sei —
Und mich tötet noch im Herzen
Dieser Schmerzen Zauberei.

7.
(Rückkehr.)

Mit meinem Saitenspiele,
Das schön geklungen hat,
Komm' ich durch Länder viele
Zurück in diese Stadt.

Ich ziehe durch die Gassen,
So finster ist die Nacht,
Und alles so verlassen,
Hatt's anders mir gedacht.

Am Brunnen steh' ich lange,
Der rauscht fort, wie vorher,
Kommt mancher wohl gegangen,
Es kennt mich keiner mehr.

Da hört' ich geigen, pfeifen,
Die Fenster glänzten weit,
Dazwischen drehn und schleifen
Viel' fremde fröhliche Leut'.

Und Herz und Sinne mir brannten,
Mich trieb's in die weite Welt,
Es spielten die Musikanten,
Da fiel ich hin im Feld.

8.
(Auf einer Burg.)

Eingeschlafen auf der Lauer
Oben ist der alte Ritter;
Drüber gehen Regenschauer
Und der Wald rauscht durch das Gitter.

Eingewachsen Bart und Haare
Und versteinert Brust und Krause,
Sitzt er viele hundert Jahre
Oben in der stillen Klause.

Draußen ist es still und friedlich,
Alle sind ins Thal gezogen,
Waldesvögel einsam singen
In den leeren Fensterbogen.

Eine Hochzeit fährt da unten
Auf dem Rhein im Sonnenscheine,
Musikanten spielen munter,
Und die schöne Braut die weinet.

9.
(Jahrmarkt.)

Sind's die Häuser, sind's die Gaßen?
Ach, ich weiß nicht, wo ich bin!
Hab' ein Liebchen hier gelaßen,
Und manch Jahr gieng seitdem hin.

Aus den Fenstern schöne Frauen
Sehn mir freundlich ins Gesicht,
Keine kann so frischlich schauen,
Als mein liebes Liebchen sicht.

An dem Hause pocht' ich bange —
Doch die Fenster stehen leer,
Ausgezogen ist sie lange,
Und es kennt mich keiner mehr.

Und ringsum ein Rufen, Handeln,
Mufikanten fideln drein,
Herrn und Damen gehn und wandeln
Zwiſchendurch in bunten Reih'n.

Zierlich Büken, freundlich Bliken,
Manches flüchtge Liebeswort,
Händedrüken, heimlich Niken —
Nimmt ſie all' der Strom mit fort.

Und mein Liebchen ſah ich eben
Traurig in dem luſt'gen Schwarm,
Und ein ſchöner Herr daneben
Führt ſie ſtolz und ernſt am Arm.

Doch verblaßt war Mund und Wange
Und gebrochen war ihr Blik,
Seltſam ſchaut' ſie ſtumm und lange,
Lange noch auf mich zurück. —

Und es endet Tag und Scherzen,
Durch die Gaßen pfeift der Wind,
Keiner weiß, wie unſre Herzen
Tief von Schmerz zerrißen ſind.

130.
Der Morgen.

Fliegt der erſte Morgenſtrahl
Durch das ſtille Nebelthal,
Rauſcht erwachend Wald und Hügel:
Wer da fliegen kann, nimmt Flügel!

Und ſein Hütlein in die Luft
Wirft der Menſch vor Luſt und ruft:
Hat Geſang doch auch noch Schwingen,
Nun, ſo will ich fröhlich ſingen!

Hinaus, o Menſch, weit in die Welt,
  Bangt dir das Herz in krankem Mut;
Nichts iſt ſo trüb in Nacht geſtellt,
  Der Morgen leicht macht's wieder gut.

131.
Mittagsruh.

Über Bergen, Fluß und Thalen,
Stiller Lust und tiefen Qualen
Webet heimlich, schillert, Strahlen!
Sinnend ruht des Tags Gewühle
In der dunkelblauen Schwüle,
Und die ewigen Gefühle,
Was dir selber unbewußt,
Treten heimlich groß und leise,
Aus der Wirrung fester Gleise,
Aus der unbewachten Brust
In die stillen, weiten Kreise.

132.
Andenken.

Dein Bildnis wunderselig
Hab' ich im Herzensgrund,
Das sieht so frisch und fröhlich
Mich an zu jeder Stund'.

Mein Herz still in sich singet
Ein altes schönes Lied,
Das in die Luft sich schwinget
Und zu dir eilig zieht.

1812.

133.
Das Flügelroß.

Ich hab' nicht viel hienieden,
Ich hab' nicht Geld noch Gut;
Was vielen nicht beschieden,
Ist mein: — der frische Mut.

Was andre mag ergötzen,
Das kümmert wenig mich,
Sie leben in den Schätzen,
In Freuden lebe ich.

Ich hab' ein Roß mit Flügeln,
Getreu in Lust und Not,
Das wiehernd spannt die Flügel
Bei jedem Morgenrot.

Mein Liebchen! wie so öde
Wird's oft in Stadt und Schloß,
Frisch auf, und sei nicht blöde,
Besteig mit mir mein Roß!

Wir segeln durch die Räume,
Ich zeig' dir Meer und Land,
Wie wunderbare Träume
Tief unten ausgespannt.

Hellblinkend zu den Füßen
Unzähl'ger Ströme Lauf —
Es steigt ein Frühlingsgrüßen
Verhallend zu uns auf.

Und bunt und immer wilder
In Liebe, Haß und Lust
Verwirren sich die Bilder —
Was schwindelt dir die Brust?

So fröhlich tief im Herzen,
Zieh' ich all himmelwärts,
Es kommen selbst die Schmerzen
Melodisch an das Herz.

Der Sänger zwingt mit Klängen,
Was störrig, dumpf und wild,
Es spiegelt in Gesängen
Die Welt sich göttlich mild.

Und unten nun verbrauset
Des breiten Lebens Strom,
Der Adler einsam hauset
Im stillen Himmelsdom.

Und sehn wir dann den Abend
Verhallen und verblühn,
Im Meere, kühle labend,
Die heil'gen Sterne glühn:

So lenken wir hernieder
Zu Waldes grünem Haus,
Und ruhn vom Schwung der Lieder
Auf blüh'ndem Moose aus.

O sterndurchwebtes Düstern,
O heimlich stiller Grund!
O süßes Liebesflüstern
So innig Mund an Mund!

Die Nachtigallen locken,
Mein Liebchen atmet lind,
Mit Schleier zart und Locken
Spielt buhlerisch der Wind.

Und schlaf denn bis zum Morgen
So sanft gelehnt an mich!
Süß sind der Liebe Sorgen,
Dein Liebster wacht für dich.

Ich halt' die blüh'nden Glieder,
Vor süßen Schauern bang,
Ich lass' dich ja nicht wieder
Mein ganzes Leben lang! —

Aurora will sich heben,
Du schlägst die Augen auf,
O wonniges Erbeben,
O schöner Lebenslauf! —

134.
Liebeslust.

Die Welt ruht still im Hafen,
Mein Liebchen, gute Nacht!
Wann Wald und Berge schlafen,
Treu' Liebe einsam wacht.

Ich bin so wach und lustig,
Die Seele ist so licht,
Und eh' ich liebt', da wußt' ich
Von solcher Freude nicht.

Ich fühl' mich so befreiet
Von eitlem Trieb und Streit,

Nichts mehr das Herz zerstreut
In seiner Fröhlichkeit.

Mir ist, als müßt' ich singen
So recht aus tiefster Lust
Von wunderbaren Dingen
Was niemand sonst bewußt.

O könnt' ich alles sagen!
O wär' ich recht geschickt!
So muß ich still ertragen,
Was mich so hoch beglückt.

135.
Glückliche Fahrt.

Willkommen, Liebchen, denn am Meeresstrande!
  Wie rauschen lockend da ans Herz die Wellen
  Und tiefe Sehnsucht will die Seele schwellen,
Wenn andre träge schlafen auf dem Lande.

So walte Gott! — ich lös' des Schiffleins Bande,
  Wegweiser sind die Stern', die ewig hellen,
  Viel Segel fahren da und frisch' Gesellen
Begrüßen uns von ihrer Schiffe Rande.

Wir sitzen still, gleich Schwänen zieht das Segel,
  Ich schau' in deiner Augen lichte Sterne,
  Du schweigst und schauerst heimlich oft zusammen.

Blick auf! Schon schweifen Paradiesesvögel,
  Schon wehen Wunderklänge aus der Ferne,
  Der Garten Gottes steigt aus Morgenflammen.

136.
Zum Abschied.
An L. 1812.

Wenn vom Gebirg der Quell kommt hell geschossen,
  Die Lerchen schwirrend sich ins Blaue schwingen,
  Da fühlt die Seele in dem Rauschen, Singen,
Bald sei des Frühlings Wunderpracht erschlossen.

So schauend auch in deiner Brust das Sprossen,
  Verborgner Quellen Gang und sehnend Ringen,

Jauchz' ich dir zu: Es wird die Knospe springen,
Die deine Blüte neidisch hielt umschlossen.

Wen möchte nicht die weite Öde rühren,
 Der ew'ge Winter auf den deutschen Auen,
 Die lang' in dumpfer Trägheit ruhmlos ruhten?

Nur wen'ge will des Himmels Licht berühren,
 Die mögen fromm den Frühling Gottes schauen,
 Sich selig tauchen in die blauen Fluten.

137.
Herbstklage.

Herbstnebel ziehn über den Weiher,
Das ist recht des Todes Bild!
Und tagelang sinnet der Reiher
Am Ufer dort einsam wild.

Mein Liebchen das hat mich verlaßen,
Die Freunde sind alle weit,
Und Garten und Wälder erblaßen
Und singen von tiefem Leid.

Verschneit liegt bald alles darnieder,
Wir selber wir werden alt
Und kennen einander nicht wieder,
Verkümmert, zerstreut und kalt. —

Zum Wald' denn! da raset lautschallend
Das Horn durch des Windes Schreyn,
Da krachen die Wipfel, und fallen
Zum Abgrund Strom, Baum und Stein.

Und Schneewolken jagt's über'n Weiher,
Die Windsbraut singt ihren Gruß,
Rasch stürzt in den Strom sich der Reiher —
Ach, daß ich hier stehen muß!

138.
Winter.

Legst du dich ins Leichenkleid,
 Meiner Heimath Aue,
Bist zum Sterben still bereit,
 Ohne daß dir graue?

Als dein goldner Halm verschwand,
  Floh von dir die Lerche;
Bald an grauer Wolken Rand
  Zogen fern die Störche;

Auch das gelbe Laub entwich
  Bei der Winde Stöhnen,
Leise nur beträufelt dich
  Schnee mit kalten Thränen;

Und so einsam, bleich und kahl,
  Sinkst du gern in Schlummer,
Lächelst noch dem Sonnenstrahl
  Sterbend ohne Kummer?

Ja, du kannst es, ahnst das Blüh'n
  Künft'ger Frühlingssonne,
Die dich weckt zum lichten Blühn
  Süßer Maienwonne.

Veilchen weckt ja schon der März,
  May der Vögel Lieder, —
Aber ein gebrochen Herz
  Weckt kein Frühling wieder.

139.
Es träumt ein jedes Herz.

Es träumt ein jedes Herz
Vom fernen Land der Schönen;
Dorthin durch Lust und Schmerz
Schwingt wunderbar aus Tönen
Manch' Brücke eine Fey, —
O holde Zauberei!

140.
Wehmut.

Ich kann wohl manchmal singen,
Als ob ich fröhlich sei,
Doch heimlich Thränen dringen,
Da wird das Herz mir frei.

So lassen Nachtigallen,
Spielt draußen Frühlingsluft,
Der Sehnsucht Lied erschallen,
Aus ihres Käfigs Gruft.

Da lauschen alle Herzen,
Und alles ist erfreut,
Doch keiner fühlt die Schmerzen,
Im Lied das tiefe Leid.

141.
Laß das Trauern.

Laß, mein Herz, das bange Trauern
Um vergangnes Erdenglück.
Ach, von diesen Felsenmauern
Schweifet nur umsonst der Blick.

Sind denn alle fortgegangen,
Jugend, Sang und Frühlingslust?
Lassen scheidend nur Verlangen
Einsam mir in meiner Brust?

Vöglein hoch in Lüften reisen,
Schiffe fahren auf der See,
Ihre Segel, ihre Weisen
Mehren nur des Herzens Weh.

Ist vorbei das bunte Ziehen.
Lustig über Berg und Kluft,
Wenn die Bilder wechselnd fliehen,
Waldhorn immer weiter ruft?

Soll die Lieb' auf sonn'gen Matten
Nicht mehr baun ihr prächtig Zelt,
Übergolden Wald und Schatten
Und die weite, schöne Welt? —

Laß das Bangen, laß das Trauern,
Helle wieder nur den Blick!
Fern von dieser Felsen Mauern
Blüht dir noch gar manches Glück!

142.

Morgenlied.

Ein Stern still nach dem andern fällt
Tief in des Himmels Kluft,
Schon zucken Strahlen durch die Welt,
Ich wittre Morgenluft.

In Qualmen steigt und sinkt das Thal;
Verödet noch vom Fest
Liegt still der weite Freudensaal,
Und tot noch alle Gäst'.

Da hebt die Sonne aus dem Meer
Eratmend ihren Lauf;
Zur Erde geht, was feucht und schwer,
Was klar, zu ihr hinauf.

Hebt grüner Wälder Trieb und Macht
Neurauschend in die Luft,
Zieht hinten Städte, eitle Pracht,
Blau' Berge durch den Duft.

Spannt aus die grünen Tepp'che weich,
Von Strömen hell durchrankt,
Und schallend glänzt das frische Reich,
So weit das Auge langt.

Der Mensch nun aus der tiefen Welt
Der Träume tritt heraus,
Freut sich, das alles noch so hält,
Daß noch das Spiel nicht aus.

Und nun geht's an ein Fleißigsein!
Umsummend Berg und Thal
Agieret lustig groß und klein
Den Plunder allzumal.

Die Sonne steiget einsam auf,
Ernst über Lust und Weh
Lenkt sie den ungestörten Lauf
Zu stiller Glorie. —

Und wie er dehnt die Flügel aus,
Und wie er auch sich stellt,
Der Mensch kann nimmermehr hinaus
Aus dieser Narrenwelt.

143—144.
Zeichen.

1.

So Wunderbares hat sich zugetragen:
Was aus uralten Sagen
Mit tief verworrener Gewalt oft sang
Von Liebe, Freiheit, was das Herz erlabe,
Mit heller Waffen Klang
Es richtet sich geharnischt auf vom Grabe,
Und an den alten Heerschild hat's geschlagen,
Daß Schauer jede Brust durchdrang.

2.

Was für ein Klang in diesen Tagen
Hat übermächtig angeschlagen?
Der Völker Herzen sind die Saiten,
Durch die jetzt Gottes Hauche gleiten!

145.
Unmut.

O Herbst! betrübt verhüllst du
Strom, Wald und Blumenlust,
Erbleichte Flur, wie füllst du
Mit Sehnsucht mir die Brust!

Weit hinter diesen Höhen
Die hier mich eng umstellt,
Hör' ich eratmend gehen
Den großen Strom der Welt.

In lichtem Glanze wandelt
Der Helden heil'ger Mut,
Es steigt das Land verwandelt
Aus seiner Söhne Blut.

Auch mich füllt' männlich Trauern,
Wie euch, bei Deutschlands Wehn,
Und muß in Sehnsuchts-Schauern
Hier ruhmlos untergehn!

146.
Entschluß.

Gebannt im stillen Kreise sanfter Hügel,
  Schlingt sich ein Strom von ewig gleichen Tagen,
  Da mag die Brust nicht nach der Ferne fragen,
Und lächelnd senkt die Sehnsucht ihre Flügel.

Viel andre stehen kühn im Rossesbügel,
  Des Lebens höchste Güter zu erjagen,
  Und was sie wünschen, müssen sie erst wagen,
Ein strenger Geist regiert des Rosses Zügel. —

Was singt ihr lockend so, ihr stillen Matten,
  Du Heimat mit den Regenbogenbrücken,
  Ihr heitern Bilder, harmlos bunte Spiele?

Mich faßt der Sturm, wild ringen Licht und Schatten,
  Durch Wolkenriß bricht flammendes Entzücken —
  Nur zu, mein Roß! wir finden noch zum Ziele!

147—149.
An Fouqué.

1.

Seh' ich des Tages wirrendes Beginnen,
  Die bunten Bilder fliehn und sich vereinen,
  Möcht' ich das schöne Schattenspiel beweinen,
Denn eitel ist, was jeder will gewinnen.

Doch wenn die Straßen leer, einsam die Zinnen
  Im Morgenglanze wie Kometen scheinen,
  Ein stiller Geist steht auf den dunklen Steinen,
Als wollt' er sich auf alte Zeit besinnen:

Da nimmt die Seele rüstig sich zusammen,
An Gott gedenkend und an alles Hohe,
Was rings gedeihet auf der Erden Runde.

Und aus dem Herzen lang verhaltne Flammen,
Sie brechen fröhlich in des Morgens Lohe,
Da grüß' ich, Sänger, dich aus Herzensgrunde!

2.

Von See'n und Wäldern eine nächt'ge Runde
Sah ich, und Drachen ziehn mit glüh'nden Schweifen,
In Eicheswipfeln einen Horst von Greifen,
Das Nordlicht schräge leuchtend überm Grunde.

Durch Qualm dann klingend brach die Morgenstunde,
Da schweiften Ritter blank durch Nebelstreifen,
Durch Winde scharf, die auf der Heide pfeifen,
Ein Harfner sang, lobt' Gott aus Herzensgrunde.

Tiefatmend stand ich über diesen Klüften,
Des Lebens Mark rührt' schauernd an das meine,
Wie ein geharn'schter Riese da erhoben.

Kein ird'scher Laut mehr reichte durch die Lüfte,
Mir war's, als stände ich mit Gott alleine,
So einsam, weit und sternhell war's da oben.

3.

In Stein gehauen, zwei Löwen stehen draußen,
Bewachen ewig stumm die heil'ge Pforte.
Wer sich, die Brust voll Weltlust, naht dem Orte,
Den füllt ihr steinern Blicken bald mit Grausen.

Dir wächst dein Herz noch bei der Wälder Sausen,
Dich rühren noch die wilden Riesenworte,
Nur Gott vertrau'nd, dem höchsten Schirm und Horte —
So magst du bei den alten Wundern hausen.

Ob auch die andern deines Lieds nicht achten,
Der Heldenlust und zarten Liebesblüte,
Gedanken treulos wechselnd mit der Mode:

So felsenfester sei dein großes Trachten,
 Hau klingend Luft dir, ritterlich Gemüte!
Wir wollen bei dir bleiben bis zum Tode.

150.
Erhebung.

Schlag mit den flamm'gen Flügeln!
Wenn Blitz aus Blitz sich reißt:
Steht wie in Rossesbügeln
So ritterlich mein Geist.

Waldesrauschen, Wetterblicken
Macht recht die Seele los,
Da grüßt sie mit Entzücken,
Was wahrhaft, ernst und groß.

Es schiffen die Gedanken
Fern wie auf weitem Meer,
Wie auch die Wogen schwanken:
Die Segel schwellen mehr.

Herr Gott, es wacht dein Wille,
Ob Tag und Lust verwehn,
Mein Herz wird mir so stille
Und wird nicht untergehn.

151.
Nachtlied.

Vergangen ist der lichte Tag,
Von ferne kommt der Glocken Schlag;
So reist die Zeit die ganze Nacht,
Nimmt manchen mit, der's nicht gedacht.

Wo ist nun hin die bunte Lust,
Des Freundes Trost und treue Brust,
Des Weibes süßer Augenschein?
Will keiner mit mir munter sein?

Da's nun so stille auf der Welt,
Ziehn Wolken einsam übers Feld,

Und Feld und Baum besprechen sich, —
O Menschenkind! was schauert dich?

Wie weit die falsche Welt auch sei,
Bleibt mir doch einer nur getreu,
Der mit mir weint, der mit mir wacht,
Wenn ich nur recht an ihn gedacht.

Frisch auf denn, liebe Nachtigall,
Du Wasserfall mit hellem Schall!
Gott loben wollen wir vereint,
Bis daß der lichte Morgen scheint!

152.
Das zerbrochene Ringlein.

In einem kühlen Grunde
Da geht ein Mühlenrad,
Mein' Liebste ist verschwunden,
Die dort gewohnet hat.

Sie hat mir Treu versprochen,
Gab mir ein'n Ring dabei,
Sie hat die Treu gebrochen,
Mein Ringlein sprang entzwey.

Ich möcht' als Spielmann reisen
Weit in die Welt hinaus,
Und singen meine Weisen,
Und gehn von Haus zu Haus.

Ich möcht' als Reiter fliegen
Wohl in die blutge Schlacht,
Um stille Feuer liegen
Im Feld bei dunkler Nacht.

Hör' ich das Mühlrad gehen,
Ich weiß nicht, was ich will,
Ich möcht' am liebsten sterben,
Da wärs aufeinmal still.

153.
Der Gefangene.

In goldner Morgenstunde,
Weil alles freudig stand,
Da ritt im heitern Grunde
Ein Ritter über Land.

Rings sangen auf das beste
Die Vöglein mannigfalt,
Es schüttelte die Äste
Vor Lust der grüne Wald.

Den Nacken, stolz gebogen,
Klopft er dem Rösselein —
So ist er hingezogen
Tief in den Wald hinein.

Sein Roß hat er getrieben,
Ihn trieb der frische Mut:
„Ist alles fern geblieben,
So ist mir wohl und gut!"

Mit Freuden mußt' er sehen
Im Wald ein' grüne Au,
Wo Brünnlein kühle gehen,
Von Blumen rot und blau.

Vom Roß ist er gesprungen,
Legt' sich zum kühlen Bach,
Die Wellen lieblich klungen,
Das ganze Herz zog nach.

So grüne war der Rasen
Es rauschte Bach und Baum,
Sein Roß thät stille grasen,
Und alles wie ein Traum.

Die Wolken sah er gehen,
Die schifften immer zu,
Er konnt' nicht widerstehen, —
Die Augen sanken ihm zu.

Nun hört' er Stimmen rinnen,
Als wie der Liebsten Gruß,
Er konnt' sich nicht besinnen,
Bis ihn erweckt' ein Kuß.

Wie prächtig glänzt' die Aue!
Wie Gold der Quell nun floß,
Und einer süßen Fraue
Lag er im weichen Schoß.

„Herr Ritter! Wollt Ihr wohnen
Bei mir im grünen Haus:
Aus allen Blumenkronen
Wind' ich Euch einen Strauß!

Der Wald ringsum wird wachen
Wie wir beisammen sein,
Der Kuckuck schelmisch lachen,
Und alles fröhlich sein."

Es bog ihr Angesichte
Auf ihn, den süßen Leib,
Schaut mit den Augen lichte
Das wunderschöne Weib.

Sie nahm den Helm herunter,
Löst' Krause ihm und Bund,
Spielt' mit den Locken munter,
Küßt' ihm den roten Mund.

Und spielt' viel süße Spiele
Wohl in geheimer Lust,
Es flog so kühl und schwüle
Ihm um die offne Brust.

Um ihn nun thät sie schlagen
Die Arme weich und bloß,
Er konnte nichts mehr sagen,
Sie ließ ihn nicht mehr los.

Und diese Au zur Stunde
Ward ein krystallnes Schloß,
Der Bach ein Strom, gewunden
Ringsum, gewaltig floß.

Auf diesem Strome gingen
Viel Schiffe wohl vorbei,
Es konnt' ihn keines bringen
Aus böser Zauberei.

154.
Der Reitersmann.

Hoch über den stillen Höhen
Stand in dem Wald ein Haus,
Dort war's so einsam zu sehen
Weit übern Wald hinaus.

Drin saß ein Mädchen am Rocken
Den ganzen Abend lang,
Der wurden die Augen nicht trocken,
Sie spann und sann und sang:

"Mein Liebster, der war ein Reiter
Dem schwur ich Treu' bis in Tod,
Der zog über Land und weiter,
Zu Krieges Lust und Not.

Und als ein Jahr war vergangen,
Und wieder blühte das Land,
Da stand ich voller Verlangen
Hoch an des Waldes Rand.

Und zwischen den Bergesbogen,
Wohl über den grünen Plan,
Kam mancher Reiter gezogen,
Der meine kam nicht mit an.

Und zwischen den Bergesbogen,
Wohl über den grünen Plan,
Ein Jägersmann kam geflogen,
Der sah mich so mutig an.

So lieblich die Sonne schiene,
Das Waldhorn scholl weit und breit,
Da führt' er mich in das Grüne,
Das war eine schöne Zeit! —

Der hat so lieblich gelogen
Mich aus der Treue heraus,
Der Falsche hat mich betrogen,
Zog weit in die Welt hinaus."

Sie konnte nicht weiter singen,
Vor bitterem Schmerz und Leid,
Die Augen ihr übergingen
In ihrer Einsamkeit.

Die Muhme, die saß beim Feuer
Und wärmte sich am Kamin,
Es flackert' und sprüht' das Feuer,
Hell über die Stube es schien.

Sie sprach: „Ein Kränzlein in Haaren,
Das stünde Dir heut gar schön,
Willst draußen auf dem See nicht fahren?
Hohe Blumen am Ufer dort steh'n."

Ich kann nicht holen die Blumen,
Im Hemdlein weiß am Teich
Ein Mädchen hütet die Blumen,
Die sieht so totenbleich.

„Und hoch auf des Sees Weite,
Wenn alles finster und still,
Da rudern zwei stille Leute, —
Der eine dich haben will."

Die schauen wie alte Bekannte,
Still, ewig stille sie sind,
Doch einmal der eine sich wandte,
Da faßt mich ein eiskalter Wind.

Mir ist zu wehe zum Weinen —
Die Uhr so gleichförmig pickt,
Das Rädlein, das schnurrt so in einem,
Mir ist, als wär' ich verrückt.

Ach Gott! Wann wird sich doch röten
Die fröhliche Morgenstund'!

Ich möchte hinausgehn und beten,
Und beten aus Herzensgrund!

So bleich schon werden die Sterne,
Es rührt sich stärker der Wald,
Schon krähen die Hähne von ferne,
Mich friert, es wird so kalt!

Ach, Muhme! Was ist Euch geschehen?
Die Nase wird Euch so lang,
Die Augen sich seltsam verdrehen —
Wie wird mir vor Euch so bang! —

Und wie sie so grauenvoll klagte,
Klopft's draußen ans Fensterlein,
Ein Mann aus der Finsternis ragte,
Schaut' still in die Stube herein.

Die Haare wild umgehangen,
Von blutigen Tropfen naß,
Zwei blutige Streifen sich schlangen,
Wie Kränzlein, ums Antlitz blaß.

Er grüßt' sie so fürchterlich heiter,
Seine Braut wohl heißet er sie,
Da kannt' sie mit Schaudern den Reiter,
Fällt nieder auf ihre Knie.

Er zielt' mit dem Rohre durchs Gitter
Auf die schneeweiße Brust hin;
"Ach, wie ist das Sterben so bitter,
Erbarm' dich, weil ich so jung noch bin!" —

Stumm blieb sein steinerner Wille,
Es blitzte so rosenrot,
Da wurd' es auf einmal stille
Im Walde und Haus und Hof.

Frühmorgens da lag so schaurig
Verfallen im Walde das Haus,
Ein Waldvöglein sang so traurig,
Flog fort über den See hinaus.

155.
Der verirrte Jäger.

„Ich hab' gesehn ein Hirschlein schlank
Im Waldesgrunde stehn,
Nun ist mir draußen weh und bang,
Muß ewig nach ihm gehn.

Frischauf, ihr Waldgesellen mein!
Ins Horn, ins Horn frischauf!
Das lockt so hell, das lockt so fein,
Aurora thut sich auf!"

Das Hirschlein führt den Jägersmann
In grüner Waldesnacht,
Thalunter schwindelnd und bergan,
Zu nie gesehner Pracht.

„Wie rauscht schon abendlich der Wald,
Die Brust mir schaurig schwellt!
Die Freunde fern, der Wind so kalt,
So tief und weit die Welt!"

Es lockt so tief, es lockt so fein
Durchs dunkelgrüne Haus,
Der Jäger irrt und irrt allein,
Find't nimmermehr heraus.

156.
Hüte dich!

Wann der kalte Schnee zergangen,
Stehst du draußen in der Thür,
Kommt ein Knabe schön gegangen,
Stellt sich freundlich da zu dir,
Lobet deine frischen Wangen,
Dunkle Locken, Augen licht,
Wann der kalte Schnee zergangen,
Glaub' dem falschen Herzen nicht!

Wann die lauen Lüfte wehen,
Scheint die Sonne lieblich warm:
Wirst du wohl spazieren gehen,
Und er führet dich am Arm,
Thränen dir im Auge stehen,
Denn so schön klingt, was er spricht,
Wann die lauen Lüfte wehen,
Glaub dem falschen Herzen nicht!

Wann die Lerchen wieder schwirren,
Trittst du draußen vor das Haus,
Doch er mag nicht mit dir irren,
Zog weit in das Land hinaus;
Die Gedanken sich verwirren,
Wie du siehst den Morgen rot, —
Wann die Lerchen wieder schwirren,
Armes Kind, ach wärst du tot!

157.
Lorelay. (Waldesgespräch.)

Es ist schon spät, es wird schon kalt,
Was reit'st du einsam durch den Wald?
Der Wald ist groß, du bist allein,
Du schöne Braut! Ich führ' dich heim!

„Groß ist der Männer Trug und List,
Vor Schmerz mein Herz gebrochen ist,
Wohl irrt das Waldhorn her und hin,
O flieh! Du weißt nicht, wer ich bin."

So reich geschmükt ist Roß und Weib,
So wunderschön der junge Leib,
Jetzt kenn' ich dich — Gott steh mir bey!
Du bist die Hexe Lorelay.

„Du kennst mich wohl — vom hohen Stein
Schaut still mein Schloß in tiefen Rhein.
Es ist schon spät, es wird schon kalt,
Kommst nimmermehr aus diesem Wald!"

158.
Nachtwanderer.

Er reitet nachts auf einem braunen Roß,
Er reitet vorüber an manchem Schloß:
Schlaf droben, mein Kind, bis der Tag erscheint,
Die finstre Nacht ist des Menschen Feind!

Er reitet vorüber an einem Teich,
Da stehet ein schönes Mädchen bleich
Und singt, ihr Hemblein flattert im Wind:
Vorüber, vorüber, mir graut vor dem Kind!

Er reitet vorüber an einem Fluß,
Da ruft ihm der Wassermann seinen Gruß,
Taucht wieder unter dann mit Gesaus,
Und stille wird's über dem kühlen Haus.

Wenn Tag und Nacht in verworrenem Streit,
Schon Hähne krähen in Dörfern weit,
Da schauert sein Roß und wühlet hinab,
Scharret ihm schnaubend sein eigenes Grab.

159.
Die deutsche Jungfrau.

Es stand ein Fräulein auf dem Schloß,
Erschlagen war im Streit ihr Roß,
Schnob wie ein See die finstre Nacht,
Wollt' überschrein die wilde Schlacht.

Im Thal die Brüder lagen tot,
Es brannt' die Burg so blutigrot,
In Lohen stand sie auf der Wand,
Hielt hoch die Fahne in der Hand.

Da kam ein röm'scher Rittersmann,
Der ritt keck an die Burg hinan,
Es blitzt' sein Helm gar mannigfach,
Der schöne Ritter also sprach:

„Jungfrau, komm in die Arme mein!
Sollst deines Siegers Herrin sein.
Will baun dir einen Palast schön,
In prächt'gen Kleidern sollst du gehn.

Es thun dein' Augen mir Gewalt,
Kann nicht mehr fort aus diesem Wald,
Aus wilder Flammen Spiel und Graus
Trag' ich mir meine Braut nach Haus!"

Der Ritter ließ sein weißes Roß,
Stieg durch den Brand hinauf ins Schloß,
Viel Knecht' ihm waren da zur Hand,
Zu holen das Fräulein von der Wand.

Das Fräulein stieß die Knecht' hinab,
Den Liebsten auch ins heiße Grab,
Sie selber dann in die Flamme sprang,
Über ihnen die Burg zusammensank.

160.
Die wunderliche Prinzessin.

Weit in einem Walde droben,
Zwischen hoher Felsen Zinnen,
Steht ein altes Schloß erhoben,
Wohnet eine Zaub'rin drinnen.
Von dem Schloß, der Zaub'rin Schöne
Gehen wunderbare Sagen,
Lockend schweifen fremde Töne
Plötzlich her oft aus dem Walde.
Wem sie recht das Herz getroffen,
Der muß nach dem Walde gehen,
Ewig diesen Klängen folgend,
Und wird nimmermehr gesehen.
Tief in wundersamer Grüne
Steht das Schloß, schon halb verfallen,
Hell die gold'nen Zinnen glühen,
Einsam sind die weiten Hallen.
Auf des Hofes stein'gem Rasen
Sitzen von der Tafelrunde

All die Helden dort gelagert,
Überdeckt mit Staub und Wunden.
Heinrich liegt auf seinem Löwen,
Gottfried auch, Siegfried der Scharfe,
König Alfred, eingeschlafen
Über seiner gold'nen Harfe,
Don Quixot' hoch auf der Mauer
Sinnend tief in nächt'ger Stunde,
Steht gerüstet auf der Lauer
Und bewacht die heil'ge Runde.
Unter fremdes Volk verschlagen,
Arm und ausgehöhnt, verraten,
Hat er treu sich durchgeschlagen,
Eingedenk der Heldenthaten
Und der großen alten Zeiten,
Bis er, ganz von Wahnsinn trunken,
Endlich so nach langem Streiten
Seine Brüder hat gefunden.

Einen wunderbaren Hofstaat
Die Prinzessin dorten führet,
Hat ein'n wunderlichen Alten,
Der das ganze Haus regieret.
Einen Mantel trägt der Alte,
Schillernd bunt in allen Farben
Mit unzähligen Zieraten,
Spielzeug hat er in den Falten.
Scheint der Monden helle draußen,
Wolken fliegen überm Grunde:
Fängt er draußen an zu hausen,
Kramt sein Spielzeug aus zur Stunde.
Und das Spielzeug um den Alten
Rührt sich bald beim Mondenscheine,
Zupfet ihn beim langen Barte,
Schlingt um ihn die bunten Kreise,
Auch die Blümlein nach ihm langen,
Möchten doch sich sittsam zeigen,
Zieh'n verstohlen ihn beim Mantel,
Lachen dann in sich gar heimlich.
Und ringsum die ganze Runde

Zieht Gesichter ihm und rauschet,
Unterhält aus dunklem Grunde
Sich mit ihm als wie im Traume.
Und er spricht und sinnt und sinnet,
Bunt verwirrend alle Zeiten,
Weinet bitterlich und lachet,
Seine Seele ist so heiter.

  Bei ihm sitzt dann die Prinzessin,
Spielt mit seinen Seltsamkeiten,
Immer neue Wunder blinkend
Muß er aus dem Mantel breiten.
Und der wunderliche Alte
Hielt sie sich bei seinen Bildern
Neidisch immerfort gefangen,
Weit von aller Welt geschieden.
Aber der Prinzessin wurde
Mitten in dem Spiele bange
Unter diesen Zauberblumen,
Zwischen dieser Quellen Rauschen.
Frisches Morgenroth im Herzen
Und voll freudiger Gedanken,
Sind die Augen wie zwei Kerzen,
Schön die Welt dran zu entflammen.
Und die wunderschöne Erde,
Wie Aurora sie berühret,
Will mit ird'scher Lust und Schmerzen
Ewig neu sie stets verführen.
Denn aus dem bewegten Leben
Spüret sie ein Hochzeitsgrüßen,
Mitten zwischen ihren Spielen
Muß sie sich bezwungen fühlen.

  Und es hebt die ewig Schöne,
Da der Morgen herrlich schiene,
In den Augen große Thränen,
Hell die jugendlichen Glieder.
„Wie so anders war es damals,
Da mich, bräutlich Ausgeschmückte,

Aus dem heimatlichen Garten
Hier herab der Vater schickte!
Wie die Erde frisch und jung noch,
Von Gesängen rings erklingend,
Schauernd in Erinnerungen,
Helle in das Herz mir blickte,
Daß ich, schamhaft mich verhüllend,
Meinen Ring, vom Glanz geblendet,
Schleudert' in die prächt'ge Fülle,
Als die ew'ge Braut der Erde.
Wo ist nun die Pracht geblieben,
Treuer Ernst im rüst'gen Treiben,
Rechtes Thun und rechtes Lieben
Und die Schönheit und die Freude?
Ach! ringsum die Helden alle,
Die sonst schön und helle schauten,
Um mich in den lichten Tagen
Durch die Welt sich fröhlich hauten,
Strecken steinern nun die Glieder,
Eingehüllt in ihre Fahnen,
Sind seitdem so alt geworden,
Nur ich bin so jung wie damals. —
Von der Welt kann ich nicht lassen,
Liebeln nicht von fern mit Reden,
In den Arm lebendig fassen! —
Laß mich lieben, laß mich leben!"

Nun verliebt die Augen gehen
Über ihres Gartens Mauer,
War so einsam dort zu sehen
Schimmernd Land und Ström' und Auen.
Und wo ihre Augen gingen:
Quellen aus der Grüne sprangen,
Berg und Wald verzaubert standen,
Tausend Vögel schwirrend sangen.
Golden blitzt es über'm Grunde,
Selt'ne Farben irrend schweifen,
Wie zu lang entbehrtem Feste
Will die Erde sich bereiten.
Und nun kamen angezogen

Freier bald von allen Seiten,
Federn bunt im Winde flogen,
Jäger schmuck im Walde reiten.
Hörner munter drein erschallen
Auf und unter durch das Grüne,
Pilger fromm dazwischen wallen,
Die das Heimatsfieber spüren.
Auf vielsonn'gen Wiesen flöten
Schäfer bei schneeflock'gen Schafen,
Ritter in der Abendröthe
Knieen auf des Berges Hange,
Und die Nächte von Guitarren
Und Gesängen weich erschallen,
Daß der wunderliche Alte
Wie verrückt beginnt zu tanzen.
Die Prinzessin schmückt mit Kränzen
Wieder sich die schönen Haare,
Und die vollen Kränze glänzen,
Und sie blickt verlangend nieder.

Doch die alten Helden alle,
Draußen vor der Burg gelagert,
Saßen dort in Morgenglanze,
Die das schöne Kind bewachten.
An das Thor die Freier kamen
Nun gesprengt, gehüpft, gelaufen,
Ritter, Jäger, Provenzalen,
Bunte, helle, lichte Haufen.
Und vor allen junge Recken
Stolzen Blicks den Berg berannten,
Die die alten Helden weckten,
Sie vertraulich Brüder nannten.
Doch wie diese uralt blicken,
An die Eisenbrust geschlossen,
Brüderlich die Jungen drücken,
Fallen die erdrückt zu Boden.
Andre lagern sich zum Alten,
Graust ihn'n gleich bei seinen Mienen,
Ordnen sein verworr'nes Walten,
Daß es jedem wohlgefiele;

Doch sie fühlen schauernd balde,
Daß sie ihn nicht können zwingen,
Selbst zu Spielzeug sind verwandelt,
Und der Alte spielt mit ihnen.
Und sie müssen thöricht tanzen,
Manche mit der Kron' geschmücket
Und im purpurnen Talare
Feierlich den Reigen führen.
Andre schweben lispelnd lose,
Andre müssen männlich lärmen,
Rittern reißen aus die Rosse,
Und die schreien gar erbärmlich.
Bis sie endlich alle müde
Wieder kommen zu Verstande,
Mit der ganzen Welt im Frieden,
Legen ab die Maskerade.
„Jäger sind wir nicht, noch Ritter,"
Hört man sie von fern noch summen,
„Spiel nur war das — wir sind Dichter!" —
So vertost der ganze Plunder,
Nüchtern liegt die Welt wie ehe,
Und die Zaub'rin bei dem Alten
Spielt' die vor'gen Spiele wieder
Einsam wohl noch lange Jahre.

161.
Der armen Schönheit Lebenslauf.

Die arme Schönheit irrt auf Erden,
So lieblich Wetter draußen ist,
Möcht' gern recht viel gesehen werden,
Weil jeder sie so freundlich grüßt.

Und wer die arme Schönheit schauet,
Sich wie auf großes Glück besinnt,
Die Seele fühlt sich recht erbauet,
Wie wenn der Frühling neu beginnt.

Da sieht sie viele schöne Knaben,
Die reiten unten durch den Wind,

Möcht' manchen gern im Arme haben,
Ach, hüte dich, du armes Kind!

Da ziehn viel redliche Gesellen,
Die sagen: Hast nicht Geld, noch Haus,
Wir fürchten deine Augen helle,
Wir haben nichts zum Hochzeitsschmauß.

Von andern thut sie sich wegdrehen,
Weil keiner ihr so wohlgefällt,
Die müßen traurig weiter gehen,
Und zögen gern ans End' der Welt.

Da sagt sie: Was hilft mir mein Sehen,
Ich wünscht', ich wäre lieber blind,
Da alle furchtsam von mir gehen,
Weil gar so schön mein' Augen sind. —

Nun sitzt sie hoch auf lichtem Schloße,
In schöne Kleider puzt sie sich,
Die Fenster glühn, sie winkt vom Schloße,
Die Sonne blinkt, das blendet dich.

Die Augen, die so furchtsam waren,
Die haben jezt so freien Lauf,
Das Kränzlein ist fort aus den Haaren,
Und hohe Federn stehn darauf.

Das Kränzlein ist herausgerißen,
Ganz ohne Scheu sie dich anlacht;
Sie wird dich süß und zierlich grüßen,
Lokt dich zu einer schönen Nacht.

Da sieht sie die Gesellen wieder,
Die fahren unten auf dem Fluß,
Es singen laut die lustgen Brüder,
So furchtbar schallt des Einen Gruß:

„Was bist du für 'ne schöne Leiche!
So wüste wird mir meine Brust,
Wie bist du nun so arm, du Reiche,
Ich hab' an dir nicht weiter Lust!"

Der Wilde hat ihr so gefallen,
Laut schrie sie auf bei seinem Gruß,
Vom Schloß möcht' sie hinunterfallen,
Und unten ruhn im kühlen Fluß.

Sie blieb nicht länger mehr da oben,
Weil alles anders worden war,
Das Herz ist ihr so hoch erhoben,
Da wars so kalt und doch so klar.

Da legt sie ab die goldnen Spangen,
Den falschen Putz und Ziererey,
Aus dem verstockten Herzen drangen
Die alten Thränen wieder frei.

Kein Stern wollt' nicht die Nacht erhellen,
Da mußte die Verliebte gehn,
Es rauscht' der Fluß, fern Hunde bellen,
Die Fenster still erleuchtet stehn.*)

Nun bist du frei von allen Sünden,
Die Lieb' zog triumphierend ein,
Du wirst noch hohe Gnade finden,
Die Seele geht im Hafen ein. —

Der Liebste war ein Jäger worden,
Der Morgen schien so rosenroth,
Da blies er lustig auf dem Horne,
Blies immerfort in seiner Noth.

162.
Die Hochzeitsnacht.

Nachts durch die stille Runde
Rauschte des Rheines Lauf,
Ein Schifflein zog im Grunde,
Ein Ritter stand darauf.

Die Blicke irrend schweifen
Von seines Schiffes Rand.
Ein blutigrother Streifen
Sich um das Haupt ihm wand.

Zs.: „Zu lieben und geliebt zu werden | Jezt liebt mich Keiner mehr auf Erden,
Gieng ich bei schönem Wetter aus, | Jezt ists so still, wär' ich zu Haus!"

Möcht' manchen gern im Arme haben,
Ach, hüte dich, du armes Kind!

Da ziehn viel redliche Gesellen,
Die sagen: Hast nicht Geld, noch Haus,
Wir fürchten deine Augen helle,
Wir haben nichts zum Hochzeitsschmauß.

Von andern thut sie sich wegdrehen,
Weil keiner ihr so wohlgefällt,
Die müßen traurig weiter gehen,
Und zögen gern ans End' der Welt.

Da sagt sie: Was hilft mir mein Sehen,
Ich wünscht', ich wäre lieber blind,
Da alle furchtsam von mir gehen,
Weil gar so schön mein' Augen sind. —

Nun sitzt sie hoch auf lichtem Schloße,
In schöne Kleider puzt sie sich,
Die Fenster glühn, sie winkt vom Schloße,
Die Sonne blinkt, das blendet dich.

Die Augen, die so furchtsam waren,
Die haben jezt so freien Lauf,
Das Kränzlein ist fort aus den Haaren,
Und hohe Federn stehn darauf.

Das Kränzlein ist herausgerißen,
Ganz ohne Scheu sie dich anlacht;
Sie wird dich süß und zierlich grüßen,
Lokt dich zu einer schönen Nacht.

Da sieht sie die Gesellen wieder,
Die fahren unten auf dem Fluß,
Es singen laut die lustgen Brüder,
So furchtbar schallt des Einen Gruß:

„Was bist du für 'ne schöne Leiche!
So wüste wird mir meine Brust,
Wie bist du nun so arm, du Reiche,
Ich hab' an dir nicht weiter Lust!"

Sie sprach: „Die Töne kommen
Verworren durch den Wind,
Die Fenster sind verglommen,
Wir fahren so geschwind.

Was sind das für so lange
Gebirge weit und breit?
Mir wird aufeinmal bange
In dieser Einsamkeit!

Und fremde Leute stehen
Auf mancher Felsenwand,
Und stehen still und sehen
So steinern über'n Rand."

Der Bräut'gam schien so traurig
Und sprach kein einzig Wort,
Schaut' in die Wellen schaurig
Und rudert' immerfort.

Sie sprach: „Schon seh ich Streifen
So roth im Morgen stehn,
Und Stimmen hör' ich schweifen,
Vom Ufer Hähne krähn.

Du siehst so still und wilde,
So bleich wird dein Gesicht,
Mir graut vor deinem Bilde —
Du bist mein Bräut'gam nicht!"

Da stand er auf — das Sausen
Hielt an in Fluth und Wald,
Es rührt mit Lust und Brausen
Das Herz ihr die Gestalt.

Und wie mit steinern'n Armen
Hob er sie auf voll Lust,
Drükt ihren schönen warmen
Leib an die eis'ge Brust. —

Licht wurden Wald und Höhen,
Der Morgen schien blutroth,
Das Schifflein sah man gehen,
Die schöne Braut drin todt.

163.
An Wilhelm. Zum Abschiede. Im Jahre 1813.

Steig aufwärts, Morgenstunde!
Zerreiß' die Nacht, daß ich in meinem Wehe
Den Himmel wiedersehe,
Wo ew'ger Frieden in dem blauen Grunde!
Will Licht die Welt erneuen,
Mag auch der Schmerz in Thränen sich befreyen.

Mein lieber Herzensbruder!
Still schien Aurora; Ein Schiff trug uns beyde,
Wie war die Welt voll Freude!
Du faßtest ritterlich das schwanke Ruder,
Uns beyde treulich lenkend,
Auf froher Farth nur Einen Stern bedenkend.

Mich irrte manches Schöne,
Viel reizte mich, und viel mußt' ich vermissen.
Von Lust und Schmerz zerrissen,
Was so mein Herz hinausgeströmt in Töne:
Es waren Widerspiele
Von deines Busens ewigem Gefühle.

Da ward die Welt so trübe,
Rings stiegen Wetter von der Berge Spitzen,
Der Himmel borst in Blitzen,
Daß neugestärkt sich Deutschland draus erhübe. —
Nun ist das Schiff zerschlagen,
Wie soll ich ohne Dich die Fluth ertragen?

Auf Einem Fels geboren,
Verteilen kühlerrauschend sich zwei Quellen,
Die eigne Bahn zu schwellen;
Doch wie sie fern einander auch verloren,
Es treffen echte Brüder
Im ew'gen Meere doch zusammen wieder.

So wolle Gott Du flehen,
Daß Er mit meinem Blut und Leben schalte,
Die Seele nur erhalte,
Auf daß wir freudig einst uns wiedersehen,
Wenn nimmermehr hienieden:
So dort, wo Heimath, Licht und ew'ger Frieden.

Wilhelm von Eichendorff.

164.
An Isidorus.

Es tönt ein Laut in allen Creaturen
  Strömt durch sie hin, wie des Gesanges Fluthen
  Und schlägt in wilden funkenreichen Gluthen
  Als ew'ger Pulsesschlag durch die Naturen.

Noch kannt ich nicht des alten Wunders Spuren
  Als schon in deinem Arm die Engel ruhten
  Und mich ins ewge Reich zu folgen luden
  Als sie mit dir zum hellen Himmel fuhren.

Der lichte Schein wollt mir den Blick verrammen
  Ich scheute mich auf dem Gewölk zu wiegen,
  Da schalt dein Ruf, es bricht der Dunst zusammen

Ich lasse hoch die Kämpfer-Fahne fliegen,
  Stürz muthig mich, in die verworrnen Flammen
  Und sterben will ich, oder männlich siegen.

165.
An Isidor.

Verschmähe nicht in mir die leise Welle
Die klingend sich um meinen Busen legt,
Die zwar nicht halb so rein nicht halb so helle
Als deine Feuerstrahlen sich bewegt,
Doch auch aus jener reichen Gnadenquelle
Ans Licht in sanften stillen Stäuben schlägt
Und sehnsuchtsvoll, in schüchternem Entzücken,
Den Himmel möcht in seine Arme drücken.

Hab ich nicht auch so manches Leid erlitten
Nicht auch der Sehnsucht dunklen Schmerz gefühlt
Hat nicht nach mir, auf allen meinen Schritten
Auch jener giftge schwarze Pfeil gezielt?
Auch ich hab jenen harten Kampf gestritten
Der kühnen Muths, um Höll und Himmel spielt
Und möchte jetzt in deinen treuen Armen
Vom kalten eis'gen Fieberfrost erwarmen.

Verstoß mich nicht, mich matten Liebekranken
Laß mich nicht ohne Trost von dannen ziehn
Ich will nicht mehr von deiner Seite wanken
Will mit in deinen warmen Äther fliehn.
Als Epheu will ich immer dich umranken
In ewgen Kuß an deiner Lippe glühn
Und aufgelößt sey alles andre Streben
In die Verschlingung eines höhern Leben.

Wenn einst dem tiefen Sinn die blaue Blume
Mit tausendfarbgem Strahlenglanz entblüht,
Wenn einst im innern dieser Heiligthume
Mein Geist im andachtsvollen Strom entglüht
Und froh und frey, als wie zu seinem Eigenthume
In jenen durch und durch kristalnen Fels entflieht,
Dann will ich frisch die jungen Schwingen rühren
Und Isidor wird hoch den Reigen führen. —

166.
An Heinrich Grafen von Loeben.
Antwort.

Was hör ich doch, dein Lied so lockend schlagen
Von hoher Burg, in Grund herniederziehen,
Es lockt und ruft, wolt' gern darniederknieen
Vor diesem Lied, und ewig mit ihm klagen.

Ist mir es nicht wie in den alten Tagen
Wo Ritter stattlich durch die Ebnen ziehen
Zum Kampf, für Frauengunst und Minn' entglühen
Und Thurm und Klaus im farbgem Scheine ragen.

Da steh' ich nun vor diesem Heiligthume
Hör frommen Laut aus fernen Glocken schallen
Und fühl mich einsam immermehr verarmen.

O! Möcht der Kelch sich öffnen dieser Blume
Wie wollt ich froh an deinen Busen fallen
Und fest, und fest dich halten in den Armen.

167.
Wenn sanfte Quellen ...

Wenn sanfte Quellen ferne rauschend klagen,
Erwachend Grün sich weit hinaus will legen
Wenn Duft und Schall im warmen Hauch sich regen
Und aus dem Lenz die Blüthen ringend schlagen:

Da möcht der Mensch ins Blau des Himmels ragen,
Er bangt und seufzt im goldnen Blüthen=Regen,
Fühlt sich so heimlich unbewußt bewegen
Und läßt im Lenze alle seine Flaggen.

O! großer Lenz wie sink ich vor dir nieder!
O! süße Luft aus Süden hergeschwommen
Auch mir tratst du einst heilgend ins Gemüthe!

Dem Mund entquoll ein frischer Hauch der Lieder,
Das Herz war hell, in frommer Lieb entglommen,
Wo trieb ein Lenz wohl jemal schönre Blüthe?

168.
Ist's wohl das ewge Rauschen ...

Ist's wohl das ewge Rauschen klarer Quellen,
Etwa der Vögel schallende Gesänge
Im großen Wald, des fernen Jagdhorns Klänge
Die mir die Brust so überselig schwellen?

Ach! in der Fluth der grünen Laubes=Wellen
Wenn jeder Zweig mich noch so fest umschlänge,
Wenn jeder Quell mir an den Busen spränge,
Will doch nur Eins den dunklen Blick erhellen.

Doch was es ist, was ich hier schweigend meyne
Das sagt kein Laut, kein einziger von allen,
Im tiefsten lebt, die holdentblühte Schöne.

Doch buhlend rufen mirs schon alle Töne
Und lockend schlägts aus allen Nachtigallen
Ans bange Herz, sie wird die Deine! Deine!

169.
Der kühle Herbst ...

Der kühle Herbst streut seine goldnen Blätter,
Des Waldes Grün will schon die Luft verschließen
Ins Thal muß sich der Bach entlaubt ergießen
Und alles schweigt beym Nah'n der trüben Wetter.

Da bangt das Herz, und blickt nach einem Retter
An dem es sich mit warmem Puls mag schließen
Da Quell und Wald es trostlos von sich stießen,
Im wilden Todeskmpf der falschen Götter.

Ich habe Quell und Wald, und Grün gefunden
Die mich mit ew'gem Frühlingshauch umwogen
In hellen Farben ewig mich umglühen:

Seitdem sie mich an ihre Brust gezogen
Sah' ich dem Lenz die Blumen frisch entblühen
Es floh der Herbst, ich mußt' vom Schmerz gesunden.

170.
So rauschen wieder ...

So rauschen wieder linde Frühlingsquellen,
Die Blüthen süß zum bunten Kranze weben,
Der Liebe Gruß dem bangen Herze geben
Und es zur Fluth der ewgen Sehnsucht schwellen.

Aus kühlem Grund der grünen Laubes-Wellen
Will Waldhornsruf so lockend zu mir schweben,
Den kranken Busen sehnsuchtsvoll erheben
Mit seinem Klang in Tönen hinzuquellen.

Doch tief betrübt, horch ich der holden Weise,
Schau in den Lenz und seine blühnden Matten
Und schweige still, wenn alle Stimmen schlagen.

Und so verarmt, im Liederreichen Kreise
Wölbt sich beklommen über mir der Schatten
Und lauscht selbst bang der Wehmuth stummen Klagen.

171.
Es giebt geheime schauervolle Stunden ...

Es giebt geheime schauervolle Stunden
In denen Trost, und Hoffnung will entweichen,
Die scheuen Blicke um die Zukunft schleichen
Mit dumpfer Nacht, das Auge zu verwunden.

Verschollen sind des Herzens heilge Kunden,
Die es nach langen Kämpfen durft erreichen,
Die ew'gen Stimmen die sie riefen bleichen
In zehr'nden Flammen, die sich angezunden.

Ist es ein Sterben angebohrner Sünden
Die man bereuend in sich selbst erwogen?
Ist es ein Rein'gen in der Lohe Fluthen?

Oft pflegt sich selbst der Phönix zu entzünden,
Verherrlicht steigt er dann, zum blauen Bogen
Hinangezogen, aus der Asche Gluthen.

172.
Ein Zauberwald ...

Ein Zauberwald steht jungen Herzen offen
In deßen Zweigen tausend Stimmen schwirren,
Mit holdem Sang die Sinne festzukirren.
Der Seele reicht die Zukunft sehnend Hoffen.

Fühlt sich ein Herz vom Zauber erst getroffen
Nie mehr will es das goldne Netz entwirren,
Wähnt, möcht es jemahl sich daraus verirren
Der Zauber Wunderzeiten längst verloffen(!)

O! schwacher Sinn der Gegenwart verbündet
Das Schicksal wird das Alter nicht verhöhnen
Verlöschend ihm der Weihe heilge Kerzen.

Verfloßene Zukunft ist auch ihm entzündet:
Dem Zauberwald entströmt es zu versöhnen
In seelgen Tönen Erinnerung zum Herzen.

173.
Beklommen frag ich ...

Beklommen frag ich, was ich wohl gewonnen
Durch Lieb in jenen warmen Sommerstunden.
Da ruft aus Bergen Echo leise: Wunden,
Und klar ist mir's wie Morgenlicht der Sonnen.

Da fragt das Herz benetzt vom Thränenbronnen:
Wie mag ich wohl von meinem Schmerz gesunden?
Und Echo ruft: an süßen rothen Munden..
Ach! wäre Fern' in Nähe mir zerronnen.

Doch sie ist fort weit über Höhn und Thäler
Mein Grüßen reicht nicht durch die weite Bläue.
In leere Luft möcht ich die Arme spreiten,

So rathet mir vergangner Freuden Mähler
Doch immer rufts, bewahre dir die Treue
Und drück dein Herz fest in der Laute Saiten.

174.
Das Horn schlägt an ...

Das Horn schlägt an, erwachet Jagdgenoßen
Es locken uns mit frischem Zug die Klänge
In Waldes Nacht und grüner Zweig Gedränge
Mit Thau und Morgenluft kühl übergoßen.

So reiten sie, sich wiegend auf den Roßen
Mit luftgem Speer, den jeder gerne schwänge
Durch Aestebug und schroffer Felsen Enge
Den blanken Helm von sicherm Muth umfloßen.

Wenn sie an Bergen waldwärts niederziehen
Und jeden muthigen zu folgen laden
Da wecken stets mich ihrer Jagden Lieder.

Auch ich will gern im Morgenthaue baden,
Dem Klange nach mit himmlischem Erglühen
Zieh' ich, und nichts schlägt mein Vertrauen nieder.

175.
Schon Nebel flatterten ...

Schon Nebel flatterten, und Abendscheine
Auf Bergeshang, und blaue Stromeswellen,
Als ich auf alter Burge, morschen Schwellen
Stund, einsam schauend in die Himmelsreine.

Da sah ich zu dem Abgrund grüner Haine
Den Strom entlang manch blühend Segel schwellen
Und um die Lust der hier verwaisten Stellen
Schien mir's, als ob die ganze Gegend weine.

Ich weinte mit, warum kann ich nicht sagen,
Doch drängte mich bewußtlos innre Schwüle
Mit Wolk und Schiff so fröhlich hinzuziehen..

— — — — — — — — — — — — — *)

176.
Schwermuth und Entschluß.

Wie die dunklen Wälder rauschen,
Hochgeröthet ihre Wipfel
Von der Morgensonne Strahlen!
Auf den Teichen schwimmen Nebel,
Schallend singet scheu Gevögel
Fern aus tiefem Thal hervor,
Fern aus Wäldern hört man Sang,
Sehnsuchtsvoller Hörner Klang.

Siehe da beginnt zu wallen
Durch der Bäume kühle Hallen
Auch ein Jüngling dunkles Blickes
Mit gespanntem Feuerrohre.

---
*) Das letzte Terzett fehlt.

Von der schwülen Nächte Träumen
Pochet ihm das Herz noch schwer,
Ach! er kann nicht länger säumen,
Muß in Morgenluft hervor.

Kaum im Labyrinth verloren
Alter Eichen, hoher Tannen,
Fühlet er sein Herz beengen
Von der Wälder mächt'gem Walten.
Fern im Thale fallen Schüße!
Fernher klagend Hörnerklang!
Ruhe für dies Herz und Kühle!
Und hinab in Kriegestanz.

177.
In dem wilden unendlichen Walde ..

In dem wilden unendlichen Walde
Unter der Tannen dunkelen Hallen
Hebet sich reger der Sinn,
Wenn fernher die Hörner erschallen
Und sehnsuchtsvoll klagend verhallen
In der Wipfel einsamen Rauschen.

In der Wipfel einsamen Rauschen
Fühlet die Seele sehnendes Beben
Hin nach dem ewigen Glück
Ein heiliges glühendes Streben
In göttlicher Liebe zu leben
Mit der schönen stolzen Geliebten.

Mit der schönen stolzen Geliebten
Welche unendliche Seelen nur kennen
Wandeln in waldiger Nacht.
Den himmlischen Nahmen, ach, können
Nur rauschende Wälder mir nennen
In der Lüfte flüchtigem Wehen.

In der Lüfte flüchtigem Wehen
Sah ich euch Wolken, hoch oben fliehen
Rastlos im himmlischen Blau.
Möcht mit über die Berge ziehen
Wo ewig die Wälder entblühen,
Ins Land der heilgen Gesänge.

178.
Ins Horn, ins Horn …

Ins Horn, ins Horn, ins Jägerhorn
Es wacht Aurora wieder
Hinab, hinab durch Busch und Dorn
Ins Felsenthal hernieder.

Wohl rauscht, wohl rauscht der Tannenwald
Fern fallen wilde Schüße,
Die letzte Stund der Nacht erschallt
Vorbey ist nun die süße.

Es raucht, es raucht das Nebelthal
In grauer Morgenstunde,
Da stehl ich noch zum letztenmahl
Den Kuß vom vollen Munde.

Ade! Ade! nun Buhle mein
Laß mich aus deinen Armen!
Hörst nicht den Klang, er zieth mich 'nein,
In kühlen Wald mich Armen!

In Wald, in Wald, in kühlen Wald
Vom Busen warm, geflohen
Horch wenn die Abendglocke schallt
Komm ich wohl heim gezohen.

Und hebt und hebt sich deine Brust
In sehnsuchtsvollem Bangen
Dann komm zu mir in die Waldeslust
Dort stillt sich dein Verlangen.

178a.

In Wald, in Wald
Das Herze wolt!
Im Winde fliehn die Locken ..
Das Horn stößt an
Wohl Roß und Mann
Thät es ins Dunkel locken.

Schlag auf o Herz!
In Lust und Schmerz
Schlag auf in helle Flammen!

Siehst du es glühn
Das ewge Grün
Schlägt über dir zusammen.

Fahrt Sorgen hin,
Fahrt alle hin,
Das Horn hör ich erschallen
Begrüßt o Pracht
Der süßen Nacht,
Euch grüß ich grüne Hallen.

Ade! Leb wohl
Leb alles wohl
Leb wohl du Weltgedränge!
Frisch Waldgewühl,
Das Herz wird kühl
Umweth mich Hörnerklänge!

179.
Goldner Schein ist ausgegangen ..

Goldner Schein ist ausgegangen
Ach voll Bangen
Trägt mein Herz nach ihm Verlangen,
In dem Morgen
Seh' ich Reiter
Immer weiter
Lustig ziehen
Helm und Panzer glühen!
Stolz auf Roßen
Muntre Jagdgenoßen
Rasch in die Gebüsche
Durch Thau und Morgenfrische.
Fern die Berge stehen
Still sie auf mich sehen,
Zwischendrein schlägt Jagdgesang
Und Hörnerklang,
Alles Wälderwärts ..
O großer Schmerz,
O, armes Herz!

180.
An die Lange Weile, chef d'œuvre.

Qual zum sterben, Langeweile,
Die mich unaussprechlich quält,
Mir die Stunden langsam zählt
Daß ich keine übereile,
Mir zur Marter auserwählt
Laß mich los!
Lieber will ich Schmerzen leiden,
Lieber Stadt und Schauspiel meiden,
Als so ohne Lust und Leiden
Träge ruhn in deinem Schoos!
Graut mir früh des Tages Morgen,
Fürcht ich schon den langen Tag;
Ach er kriecht nach einem Schlag,
Wie der vor'ge ohne Sorgen,
Daß ich ihm kaum leben mag.
Und so zieht
Wie ein schwer bepackter Wagen,
Den die Achsen knarrend tragen,
Nun die Zeit, die, nicht zu tragen,
Ungenoßen mir entflieht.
Und das ganze Werk zu krönen,
Das die Lange Weile schaft,
Wird die Welt, zum Spott der Kraft,
Und zum Hohne alles Schönen,
Mit Quintillien bestraft
Und o Schreck!
Eh ich's ahnte matt von gähnen,
Ausgerenkt durch vieles Dehnen,
Nach dem sich die Glieder sehnen,
War er fertig dieser D . . .

181.
Wiedergenesung des Dichters.

Öffne freudig deine Kehle
Singe schmerzenslos dein Lied,
In das Lied leg deine Seele,
Wie es dunkel sie durchzieht.

Aber kann ich denn wohl singen,
Da die Freude mich verwirrt
Trähnen aus dem Herzen dringen
Und das Auge trunken irrt?

Ach ich weiß mich nicht zu faßen
Bin mir selber nicht bewußt
Der nur weiß mein Glück zu faßen
Der wie ich entbehrt der Lust.

Und so stamm'l ich nun und fühle,
Singen, sprechen, kann ich nicht
Jedes Wort wird zum Gefühle
Jeder Laut ist mir Gedicht.

182.
Der durch die Luft fahrende Spielmann.

Ein Spielmann zu Sanct Gallen
War arm und unbekandt
Doch sang er schön, vor allen
Im ganzen Schweizerland.

Wenn seine Lieder klangen
So rührt er jedes Herz,
Wolt jedem einsam bangen
In Liebes=Lust und Schmerz.

Einst schickt er sich zur Reise
Und ging zur Brücke grad,
Als Theophrast der Weise
Vertraulich zu ihm trat.

Der grüßte ihn bescheiden
Und fragt wohin er zieht
Und bittet vor dem Scheiden
Noch um ein kleines Lied.

Der Spielmann sprach: nach Baden
Zieh' ich zum Festgelag,
Wohin man mich geladen
Daß ich dort singen mag.

Doch will ich bey euch bleiben
Ob ich gleich fort gesollt,
Die Zeit euch zu vertreiben
Wenn ihr nicht spotten wolt.

Den Weg mitsammen schreiten
Die Beiden nun entlang
Und setzen sich zur Seiten
Auf eine Brückenbank.

Vor ihren Blicken gleitet
Der silberhelle Fluß,
Mit sanften Wellen schreitet
Er um der Berge Fuß.

Die alten Schlößer heben
Sich aus der Felsen Schos,
Und über'm Strome schweben
Sie schwindelnd, kühn und gros.

Wie sich die Aussicht lichtet
Wird sie des Lebens Quell,
Der alle Kämpfe schlichtet
Im Busen klar und hell.

So fühlt er selbst kein Streiten
Die Wehmuth ist gestillt,
Er greift in seine Saiten
Daß rings Gesang entquillt.

Die Töne schwingend schweifen
Hinaus auf Berg und Thal,
Die Seele tief ergreifen
Mit Leid und Lust zumahl.

Von seinem Sitz behende
Springt fröhlich Theophrast
Indem des Spielmanns Hände
Er also redend faßt:

Es hat der Geist der Dinge
Wie er sich heimlich regt
Gleich wie im Zauberringe
Sich klar in dir bewegt;

Der Zeiten Morgengräue
Giebt grüßend dir den Blick,
Strömt mit erneuter Treue
Im Liede nun zurück.

Schon geht die Sonne unter
Jetzt kommt ihr doch zu spät,
Wenn ihr auch noch so munter
Die ganze Nacht durch geht:

Ein Roß will ich Euch geben
Für Euer Lied zum Lohn,
Das Roß das soll Euch heben
Bis Baden schnell davon.

Ihr dürft es kek besteigen
Es trägt euch stolz und leicht
Doch müßt ihr glaubend schweigen
Bis ihr den Ort erreicht.

Die Zauberkraft entzunden
Flammt nur im stillen fort,
Doch schnell ist sie entschwunden,
Sprichst du ein einzig Wort.

Der alte Zaubrer winket,
Und ein geflügelt Pferd
Kömt aus der Luft und sinket
Vor ihnen auf die Erd.

Der Spielmann faßt die Zügel
Greift in sein Saitenspiel
Schwingt kühn sich in den Bügel
Und hebt sich zu dem Ziel.

So zieht der Sänger oben
Auf weißem Zauberroß
Ins Himmelblau verwoben,
Zum klaren Wolkenschloß.

Die Leute die ihn schauen
Wenden furchtsam den Blick,
Kehren mit Angst und Grauen,
Zur stillen Stadt zurück.

183.
Die zauberische Venus.

Bei dem lauten Hochzeitsfeste
Klingen rings die vollen Becher,
Fröhlich schwingen sie die Gäste,
Wohlgeübte wackre Zecher;
Und von seinem Sitz erhoben,
Grüßt ein jeder schön mit Witzen,
Die Verliebten, die da oben
Schamroth bei einander sitzen.

Doch kaum hat das Fest geendet,
Als der Bräutigam alleine
Sich zum stillen Garten wendet,
Um im hellen Mondenscheine,
Wenn sich sanft die Lüfte kühlen,
Einsam, vom Gewühl verlassen,
Sein errungnes Glück zu fühlen,
Das er kaum vermag zu fassen.

Während sehnsuchtsvolle Träume
Liebend seine Brust umschleichen,
Geht er unterm Laub der Bäume
Nach dem Grunde zu den Teichen;
Dort sieht er vom Thau befeuchtet
Einen Nachen angebunden,
Von dem blassen Licht beleuchtet,
Das der Mond der Nacht verbunden.

Wie im weitern Kreis die Wellen
Spielend auseinander schweben,
Will die Brust Verlangen schwellen,
Sich der Flut zu übergeben.
Denn es scheint aus klarem Grunde,
Wo ein immerwährend Schweigen
Giebt unendlich tiefe Kunde,
Seiner Liebe Bild zu steigen.

Doch eh' er zum Kahn hinunter
Steigt, den er zur Fahrt erkoren,

Zieht er noch den Ring herunter,
Bei dem ihm die Braut geschworen;
Daß er nicht, das Ruder schwenkend,
Um den Nachen zu regieren,
Ihrer Treue Pfand versenkend,
In den Fluten mag verlieren.

Dorten wo am grünen Lande
Hohe Schilfe wehend schossen,
Steht ein Venus=Bild am Strande
Von dem Mondenlicht umflossen;
Kalten Marmorstein begeistert
Alter Zeiten heilig Leben;
Von des Künstlers Hand gemeistert,
Später Nachwelt übergeben.

An den Finger nun dem Bilde
Steckt er seinen Ring mit Eilen,
Stößt dann ab in's Flutgefilde
Seinen Nachen ohn' Verweilen.
Als die Wogen wiegend schweben,
Schmeichelnd bald den Kahn umspühlen,
Muß er des Gemüths Erheben
Höher in dem Busen fühlen.

Wie mit blüh'nden Segeln Kähne
Aus dem grünen Hang der Bäume,
Sieht er kreisen sanfte Schwäne,
Vögel linder Götter=Träume.
Über ihnen fern dem hellen
Mondenschein, den sie begrüßen,
Unter ihnen kühl die Wellen,
Die der Schwäne Busen küssen.

Einsam lodern stille Flammen,
Um die beiden zu verwirren
Schwan und Schiffer, die zusammen
Auf den öden Wassern irren.
Doch vom weißem Marmor gleitet
Schimmer auf den See so milde,
Und von diesem Licht geleitet
Kehrt er sicher zu dem Bilde.

Still erblaßt schaun dessen Augen
In die blauen Fluten nieder,
Und der Welle Spiegel saugen
Durstig diese Marmorglieder,
Die im feuchten Bette schliefen.
Von dem lauen Wind umflogen,
Schwebend über jenen Tiefen,
Wiegen buhlend sie die Wogen.

Sanfter durch den grünen Zwinger
Hört er jetzt die Winde fliehen,
Als er seinen Ring dem Finger
Jenes Bildes will entziehen —
Aber Schrecken zum Vergehen
Fühlt er durch die Adern schießen!
Denn die feuchten Augen sehen
Sich die Hand von Marmor schließen.

Rückwärts zum bethauten Boden
Sinkt er ohne Leben nieder,
Spät erwacht der schwache Odem,
Giebt ihm das Bewußtseyn wieder.
Und er fühlt ein heimlich Grauen
Und dabei doch süß Behagen,
Beides zwingt ihn zu vertrauen
Und die Blicke aufzuschlagen.

Und er sieht, im todten Bilde
Regt sich wunderbares Leben,
Und es scheint der Busen milde
Sich im Mondenhauch zu heben.
Wie die Augen buhlend stralen,
Zu dem Knienden niederlachen,
Fühlt er andre Liebesqualen.
In bewegter Brust erwachen.

Neue Leiden, neue Schmerzen,
Lust und unbewußt Verlangen
Steigen aus zerriss'nem Herzen,
Thränen feuchten seine Wangen,
Wie gebannt von Zauberringen
Hat er keine Kraft zu fliehen,

Fühlt von Sehnsucht sich bezwingen,
An den Marmorbusen ziehen.

Und als sollt' in seinen Armen
Dieses Bild im Traume lachen,
Von des Herzens Puls erwarmen,
Und an seiner Brust erwachen,
Also muß er es umfassen,
Schlägt um seinen Leib die Hände,
Kann es nimmermehr verlassen
Bis an seines Lebens Ende.

Braut und Hochzeit sind vergessen,
Jedes ird'sche Band zerbrochen,
Und die Schwüre, die vermessen,
Seine blinde Glut gebrochen,
Büßen spät Gebet und Thränen,
Baut sich eine stille Zelle,
Einsam schlägt mit tiefem Sehnen
Jetzt an sie des Sees Welle.

Wie in tiefster Nacht verborgen
Rauschen heimlich Zauberquellen,
Nie ergraute je ein Morgen
Ueber den verborgnen Wellen,
Und noch keinem ist's gelungen,
Ihren Ursprung zu belauern,
Doch daß manchen sie bezwungen,
Fühlen wir in bangen Schauern.

184.
Wahlfarth nach dem gelobten Lande.

Es wehte der Wind so leise,
Die Segel waren gespannt
Nun wohl denn, glückliche Reise
Leb wohl du heimathlich Land!
Und wie die Masten sich biegen
In die See stechend hervor
Und schimmernd die Flaggen fliegen,
Schlägt höher die Brust empor.

So rauschet der Argonauten
Hoffnung beladener Kiel,
Dem sie sich glaubend vertrauten
In Stürmen und Wellenspiel.
Rings hört man Tritonen blasen
Tauchend und badend zur Lust,
Nymphen auf schwimmenden Rosen
Sonnend die schneeweiße Brust.
Endlich aus dampfendem Meere
Steiget ein grünes Gestad,
Drüber erhebt sich die hehre
Mit Thürmen prangende Stadt.
Ha! Seh ich dich glückliche Insel
Vom Abendroth lieblich verschönt,
Wo niemals klagend Gewinsel
Des Schmerzes und Leides getönt.
Hier will ich ewig verweilen
Weil alles [sich füget] und paßt,
Mein Schicksal wolt ich ereilen,
Ich hab es glücklich gefaßt.
Der Wißenschaft leb ich verbunden
Den Künsten ergeb ich den Sinn:
So fliegen die kreisenden Stunden
Im wirbelnden Strome dahin.
Das Ewige will ich ergründen
In allem; doch rieth mir der Stolz,
Auch irdische Hoheit zu finden,
So klettert ich höher am Holz.
Da fand ich andre viel weiter,
Höher am Gipfel, und stumm
Stieg ich herab von der Leiter
Und wurde mürrisch und dumm.
Nun! sprach ich in dumpfen Verzagen,
So will ich entbehren des Lichts
Was soll ich weiter mich plagen,
Geräth mir von allem doch nichts.
Und packte eilends zusammen
Alles gelehrte Geräth
Und warf es hin in die Flammen
Von Hochmuth und Kummer verdreht.

Auf, rief ich, lichtet die Anker!
Hier wird nur Undank zum Lohn.
Und reißte mürrisch, ein Kranker
An Herzen und Beutel davon.
Und fuhr, mit Leiden befrachtet
Weithin in ein fremdes Land,
Wo leider die Kunst nicht geachtet,
Sondern nur Reichthum und Stand.
Hier fing ich nun an zu studieren
Und beugt vor mir selber die Knie,
Der Hochmuth mußt mich verführen,
Fleiß hielt ich für großes Genie. —
Ob mühsam ich, oder nicht, worden,
Galt unter dem Narrenvolk eins.
Von allen den Titeln und Orden
Gab mir das Schicksaal doch keins.
Da ging ich 'naus, traurig im Herzen
Zu sehen, wie's Sonnenlicht scheint,
Und hatte, seit Jahren, voll Schmerzen
Zum erstenmal herzlich geweint.
Nun wurde mir leichter die Seele
Als wenn sich ein Wetter verzieht,
Und fröhlich aus offener Kehle
Sang ich das folgende Lied:

Es ist so still und abendlich geworden,
  Ein sanftes Roth strömt von den Bergen nieder,
  Der farb'ge Schein streift schweigend das Gefieder
Der scheuen, Schlaferfüllten Vögel Horden.

So auch an jenes Schiffes braunen Borden
  Legt Seegel sich und Mastbaum nieder,
  Und um den Kiel schlingt seine feuchten Glieder
Ein kühler Hauch aus dem beeißten Norden.

So ruhig wird es immer mehr in meinem Herzen,
  Des Lebens heller Wein hat ausgegohren,
  Kein Trübsal kann die Süßigkeit ihm rauben.

Aus tiefem Pfuhl Vernunftempörter Schmerzen
  Hat sich der Phönix freudig ausgebohren,
  Der ungeschwächte, zweifellose Glauben.

185.
Teutscher Wettstreit.

Es lebten zwey teutsche Kaiser
Vor alter grauer Zeit,
Die wurden nur immer heißer
Entbrannt zu Kampf und Streit.

Denn beyde war'n von den Reichen
Berufen zu dem Trohn,
Wollt keiner dem andern weichen
Ein jeder werth der Kron.

Sie riefen die Unterthanen
Um Hülfe in der Noth,
Die zogen unter die Fahnen
Und scheuten nicht den Tod.

Sie wolten viel lieber sterben
Aus Treu fürs Vaterland,
Als so ihr Leben verderben
In Reue und in Schand.

So sprachen die Kaiser eben:
Der Freiheit höchstes Gut
Geht uns noch über das Leben,
Und fochten voller Muth.

Doch endlich nach langen Kriegen
Wo Kraft mit Kräften rang,
Mußt einer von ihnen siegen,
Es schwieg der Waffe Klang.

Er führt den andern gefangen
Hinüber auf sein Schloß
Und ließ ihm Ketten umhangen
Verwahrt mit Ring und Schloß.

Wie jener, das Aug gebrochen,
Sein graues Haupt gestützt,
Als einer der nichts verbrochen
Voll Kummer schweigend sitzt:

Da öffnet dem stolzen Sieger
Sich weit sein großes Herz;
Wie er den tapfersten Krieger
Verdorben sieth im Schmerz

Ich darf mit diesem nicht rechten
Er that was ich gethan.
Er soll nicht gegen mich fechten
Und mag die Freiheit ha'n.

Mit eigner Hand dem gebundnen
Macht er die Bande los,
Führt den doppelt überwundnen
Selber aus seinem Schloß.

Nur muß ihm dieser versprechen
Zu brechen nicht die Treu;
Der schwört sie nimmer zu brechen,
Und ist von Stund an frei.

Doch als der Winter vergangen,
Der Schnee von Bergen rann,
Die zarten Knospen zersprangen
Die Blüt' ihr Netze spann:

Hat der Gefangne sich wieder
Im Schloße eingestellt,
Als einer der fromm und bieder
Auf Treu und Glauben hält.

Herr! sprach er: lege die Ketten
Mir wieder um die Hand
Wilst du vor Unglük dich retten
Und mich vor eigner Schand.

So lange der Winter dem Leben
Den tobten Schlummer gab,
Lag auch mein Fühlen und Streben
Vermodert, wie im Grab.

Doch als an den blauen Bogen
Die Sonne höher stand,
Die blitzenden Reiter zogen
So fröhlich durch das Land,

Und jeder mir rief, zu führen
Sie gegen dich zur Schlacht:

Da wolt es mich schlau verführen
Der Satan war erwacht.

Drum solst du lieber behalten
Mich in dem Kerker dicht
Als daß ein Kaiser nicht halten
Solt, was er dir verspricht. —

Auf das, was du mir geschworen
Hälst du fürwahr mit Kraft,
Du bist zum Herrscher gebohren
Und nicht zu niedrer Haft.

So sprach noch stolzer der Sieger
Und ward gerührt und weich
Und gab dem edelsten Krieger
Die Hälft' von seinem Reich.

Und so ist des Teutschen Sitte:
Mitleid für fremde Noth,
Voll Glauben an Gott und Sitte
Und Treue bis in den Tod.

186—188.
Kanzonen.

I.

— — — — — — — — — — — — — — — — — —*)

Liebt' ich den Schmertz und seine stille Qualen:
An seiner Brust den nassen Blick zu weiden,

---

*) Die ersten fünf Zeilen dieser Strophe nicht erhalten.

Zu schlürfen tiefer noch aus seinen Schalen
Sehnt sich mein Herz, und kehrt zu diesen Weyden
Stets dürstend wieder und zu diesen Thalen.

Hier sah' ich euch, o Anfang meiner Qualen!
  Euch süße Flammen jener holden Augen,
  Aus denen ich den Himmel wolte saugen,
  Der ewig rein in euch sich schien zu mahlen.
  Nun klag' ich's allen Hügeln allen Thalen,
  Den grauen Felsen und den linden Quellen
  Was mir geschehn, durch dieser Lichter Strahlen.
  Doch Licht wohl nicht! es müßt' den Blick erhellen,
  Und Helle war's, die sie den Blicken stahlen
  Als sie mich zwangen trähnend hinzuquellen.

Du sanftes Grün an flutenreichen Quellen
  Tauchst oft von deines Ufers Blumenhügel
  Den Blick in kühler Bronnen dunkle Spiegel,
  Doch sicher steigst du immer aus den Wellen;
  Wolt ich vor ihrer Augen Licht zu stellen
  Mich oft, wie ihr zu hellen Fluthen wagen,
  Wolt ich bemerken solcher Anmuth Quellen
  Wie Sehnsucht sie in ihren Sternen tragen:
  Den Tod fänd ich in ihrer Liebe Schwellen
  Und nie würd mir ihr sanftes Licht mehr tagen.

Doch zieth mich's hin mit Bangen und mit Zagen,
  Dem Liebestode sterbend preißgegeben
  Vergehe ich, und find im Tode Leben,
  An dem so Lust wie Schmerzen wieder nagen.
  Nein! nimmer könnt ich solche Wehmuth tragen,
  Wollt' nicht ein Wunder frohe Kunde bringen
  In meinem Schmerz, von künftgen heitern Tagen
  Schon fühl ich junger Kräfte Fessen springen
  Zum Licht, die goldnen Fitge glühend schlagen
  Und wagend hohen Flug zur Sonne dringen.

Und so vertrauend Liebbeselten Schwingen
  Heiß ich willkommen Liebeslust und Schmerzen,
  Des Himmels neuerwachte Saiten klingen
  Und öfnen ihren Schooß dem treuen Herzen!

II.

Ein altes Lied das in der Seele Tiefen
  Schon lange schlief, erwacht zum neuen Leben,
Der Sehnsucht Zauber regt es aus dem Schlummer,
Und jene Stimmen, die ihm ahndend riefen
  Seh' ich zum kräftgem Sange sich verweben.
Gehemmt wird bald der Edlen trüber Kummer
Die wilden Stürme werden bald sich legen,
Aus dumpfer Nacht die frischen Keime steigen
Und jenes Helden Sündensühn'der Degen
  Wird über uns sich neigen,
Erringend so des Himmels weiten Seegen.
Und daß es Gott nicht anders werde leiten
Sprech ich anitzt, mit hochprophet'schem Munde,
Der lichten Sterne Kunde..
Zeigt mir im Hintergrunde künftge Zeiten.

Nicht weiter darf der Hyder Haupt sich strecken;
  Die Schwäche die mit tausend schweren Armen
  Die Völker faßte auf dem Erdenrunde,
  Sie mußt der ew'gen Götter Zorn erwecken,
  Der große Schatz der Güte mußt verarmen
Und dräuend naht des Rächers ernste Stunde.
Ein flammend Schwert zuckt aus den Wolken nieder,
Und zischend hat's die Seine aufgefangen;
Doch schnell entrißens ihr des Helden Glieder:
Mit grausenvollem Bangen
Sehn blitzend es die tief entnervten wieder,
Und daß es einzelnes nicht solle mähen
Hat nun der stolze Geist mit stürmschen Wogen
Die ganze Welt umzogen
In der die Götter ihre Sühnung sehen.

O Deutschland! Vaterland der ernsten Weisen,
  Wie ist des Waldes heilge Nacht gelichtet
  In dem der Liebe hohe Tempel standen.
  Es zieht ein Strom sich stets in engern Kreisen
  Um Dich herum, und wenn er sich verdichtet,
  Wie magst Du dann zum sichern Eiland landen?

Du wirst es nicht, es muß die Arndte fallen
Aus jener Saat, die deine Vorwelt streute
Die Sünden=Saat, wodurch dein Werth verfallen
Und was ich stets bereute;
Ich hör des Schnitters blut'ge Sichel schallen.
Nein! nicht umsonst darfst du den Himmel spotten:
Seitdem dir Hoffnung, Glaub' und Lieb' entschwunden
Die sonst in dir entzunden,
Mußt auch der Gott die fremden Rächer rotten.

Du unglückschwangrer Kampf vor vielen Jahren
Den Menschensichtung, kalt verständges Denken
In seelige Gemüther mußte ziehen —
Ein Licht ging auf, die Klarheit zu bewahren
Des Aberglauben's Schatten abzulenken;
Doch ihre Schwachheit schien das Licht zu fliehen.
Mit Füßen mußten sie die Jungfrau treten,
Der ewgen Sehnsucht still Geheimniß stürmen
Der Heilgen Andacht schlugen sie in Ketten
Und — Schande den Gewürmen!
Sie konnten weder fluchen mehr noch beten.
Entschwunden sind der Töne süße Wellen
Der Künstler Bildermähler umgestoßen
Und Thrähnen die sonst floßen
Vertrocknen itzt an des Altares Schwellen.

So steth die Nacht, so sternlos wild und dunkel
Rings um uns her, der Vorwelt heilge Schauer
Wehn mahnend nur in wen'ger Edlen Seelen,
Die itzo reuvoll suchend den Karfunkel
Im Kampf sich rüsten gegen eine Mauer
Die seinen Glanz dem Retter will verheelen.
In solcher Geistesspaltung wilden Stürmen
Kränzt sich den Schlaf mit Lorbeern nun der Krieger,
Und wie sich immer Schwachheit möge thürmen,
So bleibt er dennoch Sieger
Da ihn der Rache zornge Weihen schirmen.
Es muß der Mammon und die Götzen sterben:
Der matten Völker Pfühle zu verheeren
Kann ihm nichts länger wehren,
Ein neues Reich muß er auf uns vererben.

Europa brennt zuerst auf Opfer-Heerden,
    Damit die Mattheit nicht den Entzweck stöhre,
Und liegt es ganz einst zu des Helden Füßen
Daß es schamvoll bedrückt von den Beschwerden
In Dehmuth höhern Geistern Achtung schwöre,
    Dann wird des Friedens Sonne uns begrüßen.
Fern über's Meer wo Indiens Palmen wehen,
    Aus sanftem Grün in laue Lüfte steigen,
Wird man den raschen Strom sich wälzen sehen
    Da ferner keine Feigen
Des Schicksals kühnem Lauf entgegen stehen.
Und dieses Brandes heldenmüthge Flammen
Die hier zerschlugen, werden dort erheben:
    Ein wunderbares Leben
Fügt Süd und Nord in heilgen Bund zusammen.

Wenn Indiens Wollust sehnender [?] Gefühle
    Getragen auf des Meeres grünen Wogen
Die Felsen kränzt in dem beeißten Norden,
Zum lauen Hauch sich einen Flamm und Kühle,
Dann hellt in Osten sich der Himmels-Bogen,
    Der Morgen weht, Tag ist aus Nacht geworden;
Dann grüßen wieder uns die alten Quellen
Es schweifen durch das Grün die ew'gen Lieder,
Den Dichter wird der dunkle Wald umstellen,
    Die Burgen kehren wieder
Und decken uns mit tiefromant'schen Wellen.
Der König wirft den Becher von der Zinne
In Meeresfluth, es stürzt das alte Thule
    Und Edda, seine Buhle,
Reicht ihm das neue Reich der ew'gen Minne.

Aus süßem Rausch vom Weine künftger Zeiten
    Erwach ich itzt und fühl mein Lied verklungen ..
Was ich verbrach an zaubervollen Tönen
    Mag Wahrheit mir versöhnen,
Bereuen darf ich nicht was ich gesungen.

III.

Kennst du der Sehnsucht Schmerzen
    So wirst du auch des Liedes Ursprung fühlen.
    Die seelgen Töne wühlen,

Und klagen, sterben, freuen sich und ringen
Aus meiner Brust zu dringen
Und mögten's Felsen, jedem Echo sagen
Was sie so süß beklagen,
Und blühn als Lobe zu dem eignen Herzen.
Wie könnt ich sie verschmertzen
Die dunklen Tage jener Andachtskühlen
Verworrnen Zeit, die mich so schwer umhüllten,
Mit irdscher Hoffnung füllten;
Nun fühl ich mich von heilger Fluth umspühlen,
Berauscht vom Wellendruck muß ich gesunden,
Aus alten Wunden lodern Liebeskerzen.

Die Augen süßer Frauen
  Laß ich so gern auf meiner Bildung weilen,
  So manche Wünsche theilen
In Lust und Schmertzen sich; kristallne Bäume
  Der hoffnungsreichen Träume
Blühn an das Herz, wenn sie den Blick mir senden.
  Ich mag ihn nimmer wenden;
Adonis will sich gern in blauen Quellen schauen,
  Doch kann man auf sie bauen
Daß sie dem Arm nicht flatterhaft enteilen,
Dann soll ihm auch des Dichters Lied gehören,
  In holden Tönen schwören
Daß er das süße Band nicht woll zertheilen
Denn ihre Augen war'n ja ihm die Glocken
Die tönend locken, Tönen zu vertrauen.

Wenn Waldsnacht hohe Schatten
  Die luftgen Wipfel in das Blau verweben,
  So schwindelnd oben schweben,
Die walnden Wässer murmelnd wollen sprechen,
  Den Klüften laut entbrechen
Und zwischendrein die Nachtigallen schlagen
  Die schuldlos selber fragen
Warum sie denn in Klagen süß ermatten:
Dann wird von blühnden Matten

Des Dichters Haupt sich in den Frühling heben,
Ein stummes Sehnen und ein leises Hoffen
Hält Herz und Himmel offen,
Die kühlnden Flammen geben Licht und Leben
Er seufzt und singt, der Nachtigall zu Trutze,
Im dunklen Schutze duftumblühter Schatten.

Wenn dumpf die Berge dröhnen,
Des Krieges wilde Wogen flammend branden
Worin die Feigen stranden,
Der kräftge Geist mit Muthentbrannten Streichen
Die Sonne will erreichen;
Dann muß der Heldenthaten ruhig Glänzen
Mit würdgen Lorbeerkränzen
Des Dichters holde Gabe erst verschönen:
In seinen vollen Tönen
Sieht sich der Held nun sanft und sicher landen,
Und was er that, fühlt er verherrlicht wieder
Im Klange hoher Lieder,
Die sich des Dichters zarten Mund entwanden.
Getheilte Kräfte müssen sich vereinen
In ihrer Wurzel einen und versöhnen.

Wer mag sich ihr entringen
Der Sehnsucht die mich zwang zu sprechen?
Die Welt gehöret ihm, der Dichter ihr zu eigen,
Mein Lied solt es euch zeigen
Daß nichts vermag, den großen Bund zu brechen:
Das Ewge nur will still der Dichter bauen,
Im Aether-Blauen rührt er seine Schwingen.

189.
Venus von Medicis und Albert Dürer.
Sonett.

Aus Perlenschaum sah man dich Zeh'n gestalten,
Voll Zauber formen sich die runden Glieder,
Ziehn alle Sinne taumelnd zu sich nieder,
Und lüstern droht dein Arm mich festzuhalten:

Da fühl ich frische nord'sche Lüfte walten,
Ein Laut erwacht, es klingen ferne Lieder
Ein junges Licht zuckt jubelnd hin und wieder,
Der Vorhang reißt, die tausendjährgen Falten,

Und rosigt Licht quilt aus des Ostens Ferne.
Da sieht man Blumen, hohe schat'ge Bäume
Viel Blau Gebürg, und drunten goldne Sterne,

Schön Farbenglanz, wie grüne Waldesträume,
Wohl seh ich dich du süße Venus winken:
Umsonst, ich muß ins teutsche Wunder sinken.

190.
An meinen Bruder Josef.

Bruder, an die alten Zeiten,
An die längst versunkne Welt,
Mahnt dein Brief und schneidend gleiten
Seine Worte, ernst gestellt,
Tief mit der Erinnrung Schmerzen
Zu dem einsam stillen Herzen.
Fern und einsam hingestellt
Zwischen den beeisten Klippen
Sehn' ich mich mit heißen Lippen
Nach dem Strom der alten Welt.
Wenig ist zurückgeblieben
Von des Sängers alten Trieben,
Von dem heimatlichen Port:
Nur noch ein'ge Liebeswunden
Aus den lauen Sommerstunden
Blüten sanft und heimlich fort. —
Wenn auf den beschneiten Matten
Wie ein Geist die Wolkenschatten
Durch die Mondenhelle zieh'n,
Bangt mir vor dem fremden Lande —
Lösen möcht' ich alle Bande
Und zu deinem Herzen fliehn!
Doch die kühnen Felsenzacken,
Wie im Sturm das zorn'ge Meer,
Beugen nicht den grauen Nacken,
Halten Wache um mich her.

Grüße unsers Kampfs Genossen!
Ihnen auf den Flügelrossen
Reiche meines Grams Gedicht.
Ob in diesem ew'gen Wehe
Ich verderbend untergehe,
Ob ich siegend auferstehe —
Gott, ich weiß es selber nicht.

Anhang.*)

191. Briefentwurf Josephs an Ast. (1809.)

"Je tiefer unsre abtrünnige Nation in ihrer kultivierten Barbarei herabsinkt, desto einsamer und wunderbarer stehen über den Niederungen die wenigen Treuen in göttlichem Schmerz und als erkorene Könige ihrer Zeit. Welche Himmelreiche von Hoffnungen und Wünschen erschließt nicht dieser innere, vom irdischen Treiben der schlimmen Zeit sich losgesagte Staat, in dem sich der gediegene, königliche Sinn der Deutschen heldenmütig nun verklärt. Rührte Alle diese Andacht des Heimwehs, sie würden erlöst in mutiger Demut niederknieen unter diesem ewig blauen Himmel, und das alte Reich Gottes wäre wieder aufgethan. So liebte und verehrte ich Sie, Herr Professor, längst, ehe Sie durch die Aufnahme meiner, Ihnen unter dem Namen Florens zugesandten Gedichte in Ihre Zeitschrift mir Vertrauen zu mir selber gaben, gewiß das wohlthätigste Geschenk, das man mir jederzeit machen kann. Sie hatten sogar, wie mir mein Freund Löben schrieb, die Güte, mich aufzufordern, Ihnen nähere Auskunft über mich zu geben. Aber teils die bisherige Verworrenheit meiner Studien, teils eine fast unbezwingliche Schüchternheit vor jeder außerweltlichen Majestät, die vielleicht ebensosehr meine Fehler wie meine Tugend ist, hielten mich bisher immer ab, Ihnen für diese begeisternde Teilnahme, sowie für die gütige Mittheilung Ihrer herrlichen Zeitschrift, die ich durch Löben jedesmal erhielt, meinen innigsten Dank zu sagen."

---
*) Vier durch ein bedauerliches Versehen bei der Drucklegung zurückgelassene Gedichte der Zeit 1808 und 1809 seien hier nachgetragen.

192.
Wohl kann ich, wie die andern, thun und lassen ..

Wohl kann ich, wie die andern, thun und lassen,
Auf kurze Frist von ird'schem Wahn befangen,
Mitspielen ohne Klage und Verlangen,
Manch Mädchen will mich nicht vom Herzen lassen.

Die Erde seh' ich schauernd süß erblassen,
Den Himmel überschwänglich aufgegangen,
Da faßt mich alte Liebe, altes Bangen,
Weiß nicht, soll ich das Kreuz, die Fahne fassen.

Es stürzt der Bach, hoch brausen Waldeswipfel,
Durch flieh'nde Wolken Waldhornsklang geflogen,
Und wenn der Blitz die grimme Nacht durchzücket,

Sehn fern die Furchtsamen auf steilem Gipfel
Den Fremdling knien, auf das Schwert gebogen,
Das zornigleuchtend aus dem Dunkel blicket.

193.
Es wächst und strömt in ewigen Gedichten ..

Es wächst und strömt in ewigen Gedichten
Jauchzend im Innersten das freie Leben;
Des Tempels strahl'nde Säulen klingend beben,
Unübersehbar will sich's himmlisch lichten.

Den heil'gen Kampf sie irdisch möchten schlichten,
Er spült sonst mit sich fort ihr schwankes Leben;
Die Arme wollen sie nicht gläubig heben,
Zur Nacht kein Herz, nicht Lieb' sich aufzurichten.

Es bäumt das Roß in zorn'gem Mut sich raffend,
Durch eure Netze funkeln Schwert und Lanze,
Bricht Liebesblick aus tiefer, ew'ger Bläue.

Und wie ihr stehet, euch verwundernd, gaffend,
Blüht ferne Helm und Speer im Morgenglanze,
Und über die Berge sprenget froh der Freie.

194.
Die Wunderblume.

Es war die Nacht so wunderbar, so schwüle,
Weit ab wohl lagen dunkle Länder viele,
Die Ströme hört' ich ferne gehen,
Doch, wo ich war, konnt' ich nicht sehen.

Und ferne sah ich aus dem grauen Schweigen
Seltsam verschlungne Wunder dunkel steigen,
Stumm gehen in den Finsternissen, —
„Ach, sind es Berge, sind es Riesen?"

Aus solchen Ängsten wollt' mein Herz verlangen,
Nie fühlt' ich noch so unaussprechlich Bangen.
„Wann wird der Morgen endlich röthen?
„O Jesus, hilf aus tiefsten Nöthen!"

Und wie ich rief, sah ich fern Funken sprühen,
Ein Wunderglänzen aus der Nacht erblühen,
Und eine Blume drinn erhoben,
Aus milden Flammen bunt gewoben.

Und wundersüße Scheine sandten
Die Blätter bald nach allen Strömen, Landen.
Rings wurd' es weit und immer weiter,
Der Himmel blau, die Erde heiter.

Wie weit liegt alle Bangigkeit dahinten!
Es wollen brünstig mich die Scheine zünden,
Frisch bluten alle Liebeswunden; —
Verbrennt mich nur! — Bin euch ja längst verbunden!

195.
Klage.

Ich hab' manch Lied geschrieben,
Die Seele war voll Lust,
Von rechtem Thun und Lieben,
Das beste, was ich wußt'.

Was mir das Herz bewogen,
Das sagte treu mein Mund,
Und das ist nicht erlogen,
Was kommt aus Herzensgrund.

Liebchen wußt's nicht zu deuten
Und lacht' mir ins Gesicht,
Dreht sich zu andern Leuten
Und achtet's weiter nicht.

Und spielt mit manchem Tropfe,
Weil ich so tief betrübt.
Mir ist so dumm im Kopfe,
Als wär' ich nicht verliebt.

Ach Gott, wem soll ich trauen?
Will sie mich nicht verstehn,
Thun all so fremde schauen,
Und alles muß vergehn.

Und alles irrt zerstreuet —
Sie ist so schön und rot —
Ich hab' nichts, was mich freuet,
Ach wär ich lieber tot!

Anmerkungen.

Zur Herstellung des Textes, der kritisch nach Möglichkeit auf seine ursprüngliche Form gebracht ist, ohne daß aber der gesamte Apparat vorgeführt wird, seien über das Material und die Prinzipien seiner Behandlung einige Bemerkungen vorangeschickt.

Aus dem Nachlaß Loebens liegen auf gleichmäßigen Oktav- und Quartblättern feinen Briefpapiers im ganzen 61 Gedichte Josephs von Eichendorff vor, von denen 14 unbekannt, zwei*) stark abweichende und umfänglichere Urformen schon bekannter Gedichte, im ganzen also 16 wesentlich neu sind. Auf einen Foliobogen, der 11 Gedichte bringt, sind 9 aus „Ahnung und Gegenwart" vereint, Auszüge des Dichters, die möglicherweise für Loebens „Hesperiden" bestimmt waren, darunter „In einem kühlen Grunde" und „Es ist schon spät, es ist schon kalt." — In gleicher Weise sind von Wilhelm 26 Gedichte erhalten, von denen 24 bisher unbekannt waren.

Was an Handschriftlichem sonst noch von den Brüdern zugänglich ist, birgt ein Band der Königlichen Bibliothek zu Berlin. Die ersten 20 Folioblätter etwa enthalten Arbeiten der Jugendzeit, kommen also für unsere Zwecke allein in Betracht. Sie bieten, oft in krausem Kreuz und Quer, auf grobem Papier Entwürfe und fertige Gedichte untermischt mit Prosanotizen. Trotz seines mehr geglätteten Äußern spricht vieles dafür, daß, wo beide Handschriften die gleichen Gedichte bringen, Loebens Besitz, den er mehrfach mit Korrekturen versehen hat, die ursprünglichere Form bietet, während der der Bibliothek schon mehr durchgearbeitet, befeilt ist. Um nur eines herauszugreifen, so lautet eine Zeile aus Nr. 68 dieser Ausgabe bei Loeben in der für den frühesten Eichendorff charakteristischen rhythmischen Ungelenkheit:

Auf ewig nachziehn in Waldeinsamkeiten,

in der Bibliothek:

Auf ewig zieh'n in Waldeseinsamkeiten.

---

*) „Da nun alles zur Ruh' gegangen" und „daß der verlornen Heimat es gedächte"; dies nur in der ersten Auflage 1837 (S. 342) und der zweiten. [Vgl. S. 47 und 9 dieser Ausgabe.]

Andrerseits spricht auch manches gegen diese Vermutung. So steht z. B. die dritte Zeile der dritten Strophe der Sestine (Nr. 71)

Hört ich von fern — — —

bei Loeben schon im Text, während die Hs. der Bibliothek (vgl. Blatt 5) sie als eine Korrektur Loebens erweist! So schiene diesmal hier die erste Fassung vorzuliegen. Bei der Romanze „Die Zauberin im Walde" ist Gelegenheit, die Filiation des Textes noch einmal zu prüfen. Sie wird ja bei den allmählich in Ls. Besitz gekommenen 60 Gedichten Josephs nur gruppenweise gleichartig sein; diese Gruppen stellen verglichen mit den Hs. der Bibliothek, teils ursprüngliche, teils gleichzeitige und -wertige Redaktionen dar [Vgl. auch Anm. Nr. 56].

H. A. Krügers Bemerkung, Bl. 1—13 sei „von derselben Hand" geschrieben, ist dahin zu ergänzen, daß Bl. 1—8 einheitliche und zwar genau die Schriftzüge (nur flüchtiger) aufweist, die in Reinschrift Loebens Blätter zeigen. Sie entstammen der frühesten Zeit, 1808/09. Blatt 12 und 13, — „An eine junge Tänzerin" und die „ernsthafte Fastnacht" enthaltend —, tragen die Signierung „Florens" und sind aus den Jahren 1814/15. — Neu sind — das in der Anm. zu Nr. 50 mitgeteilte Terzinen-Fragment eingerechnet — drei Gedichte diesen Blättern entnommen: Nr. 44 und 125. Das andere brachten Krüger und Meisner schon.

Soweit es also anging, liegen dem Text die Handschriften zugrunde. Nach ihnen sind auch die Überschriften gegeben; sonst richtete ich mich in der Wahl der Titel und Anordnung des Zusammenhanges nach der frühesten Ausgabe der Gedichte, von 1837, soweit die ebenfalls vom Dichter selbst besorgte Ausgabe von 1842 mit ihr übereinstimmte. So akzeptierte ich z. B. den Zyklus der ersten Ausgabe „Der verliebte Reisende. I—X.", den die spätern dann zerlegt haben.

So ist der Zyklus „Jugendandacht" in den spätern Ausgaben zerrissen worden; sein Anfangsgedicht „Daß der verlornen Heimat es gedächte" — das Stück einer „Kanzone", deren zweite Hälfte ich jetzt nach der Hs. bringe — später ausgeschaltet worden, u. s. w.

Die früheren Ausgaben bestimmten auch, wo die Hs. versagten, Wortlaut und Interpunktion; denn die nach dem Tode des Dichters (1857) entstandnen sind durch eine Reihe von Fehlern, Mißverständnissen und Flüchtigkeiten entstellt, worauf Minor schon vor Jahren gelegentlich hinwies. So auf jene Sinnentstellung:

Kind hüt dich bei Nacht,
Pflegt Amor zu wandern,

ein Liedchen, das übrigens dieselbe 3. Ausgabe von 1883 im Roman „Dichter und ihre Gesellen" (II, 125) richtig interpungiert: Ja hüt dich! Bei Nacht ... Nur die 3. Ausgabe hat in Zeile 6 der „Dichterfahrt" (S. 68) hinter Ort den sinnlosen Punkt statt des Kommas. — Zwar ist häufig die letzte Gesamt-Ausgabe allein der schuldige Teil, des öftern aber auch die von 1864 f. schon die Quelle des Fehlers; wenn es bei beiden z. B. in der 5. Strophe von „Ich reise über's grüne Land" heißt:

Die sehn nach mir hinunter

statt des richtigen herunter der ersten Ausgaben. Jene mechanisieren den Rhythmus, — durch willkürliche Änderung des Apostrophs: glänz'ger statt des richtigen glänziger; rüstige statt rüst'ge; Ewig statt Ewig's u. s. f.; durch Änderung des Wortlaut:

Von alter schöner Zeit   statt
Von der alten schönen Zeit;

Der Lenz sein buntes Zelt   statt
Der Lenz seine bunten Zelt'.

So wird der Gehalt der Stimmung verflacht, denn:

Über die verguld'ten Zinnen
Trat der Mond so eben vor

ist unpoetisch gegen das originale

Trat der Monden eben vor. —

Ohne Verstand aber ist die Änderung eines unentbehrlichen mußt' in muß durch die letzte Ausgabe in unsrer Nr. 163, Z. 14.

1—2. Siehe Meisner*) [= M.] S. 24. K. Bibl. 11b. — Bezieht sich auf die Lubowitzer Jugendliebe zu Mad. Hamann. — Vgl. H. A. Krüger, „Der j. Eichendorff" [= Kr.] Oppeln 1897. S. 81 f., 111.

3. II, 100**). Vgl. Kr. 112. — Krüger irrt, wenn er behauptet, E. selbst habe die Zerlegung dieses Gedichtes vor-

---

*) Heinrich Meisner, Gedichte a. d. Nachlasse Eichendorffs. Leipzig, Amelang, 1888. — Seiner kleinen Sammlung liegen u. a. die Handschriften der Berliner Königl. Bibliothek zugrunde, [K. Bibl.], die nach der Zahl der Blätter zitiert werden, wobei ein kleines daneben gestelltes a die Vorder-, ein b die Rückseite eines Blattes bezeichnet.

**) Falls das Gedicht schon in den „Sämtl. Werken" gedruckt ist, wird es nach der 2., der vollständigsten, Auflage zitiert, (Leipzig, Amelang 1864 ff.) deren I. Band die Gedichte, den 2. den Jugendroman „Ahnung und Gegenwart" enthält. Also bedeutet II, 100: S. 100 des 2. Bandes der 2. Aufl. — Daß das Gedicht in „Ahnung und Gegenwart" zuerst erschien, läßt auch das „alphabetische Register" am Schluß dieser Ausgabe erschließen, wo alle Gedichte dieser Herkunft durch ein latein. A. ausgezeichnet sind.

genommen: es steht in der ersten von ihm besorgten Samm=
lung seiner Gedichte [Berlin 1837, Duncker & Humblot]
als Nr. 3 des Zyklus „Wehmut" auf S. 83 ungeteilt;
ebenso in der Ausgabe von 1842. [Im 1. Teil der „Werke,
verlegt von M. Simion", Berlin.] Erst der Sohn nahm
die Teilung vor, so daß die ersten beiden Strophen, die
nach Krügers Vermutung ebenfalls auf die Hamann=Episode
Bezug haben, gestrichen sind, der Rest unter dem Titel
„Dichterfahrt" ein selbständiges Leben führt; s. I,² 310,
I,³ 67.
M. 38; K. Bibl. 5b. — Ein Vergleich mit dem Meisnerschen
Text wird hier, wie leider wiederholt, seine zahlreichen
Flüchtigkeiten und Lesefehler erkennen lassen. — Zwar
schreibt E. in den Hs. der K. Bibl. flüchtig; dennoch sollte
der Sinn verbieten, unten st. munter (S. 23, Z. 12), lange
st. bange, mir st. wie zu lesen, — nicht die einzigen Fehler
der herausgegriffenen S. 27, wo Thälern st. Thalen, den
Duft st. die Düft' u. dgl. m. steht.
Handschriftlich in den Gedichten aus Loebens Nachlaß
[= Hs. L.]
Hs. L. — M. 41. — Asts Zs. 1808 III, 4. Die letzte Zeile
bei Ast hat „Liebster"; ich ersetze es aus Hs. L. durch das
charakteristischere „Retter". In diesen Kreis gehört auch
das in Asts „Zeitschrift für Wissenschaft und Kunst" 1808,
Heft III, auf S. 27 stehende Gedicht „Die Wunderblume".
(Nr. 194.)
Hs. L. —
In den „S. W." lautet die erste Zeile: „Die Klugen, die
nach Gott nicht wollten fragen"; die Überschrift: An A.
Hs. L. —
Hs. L. — Budde, der Iserlohner Landsmann und Freund
Friedrich Strauß', des späteren Berliner Oberhofpredigers,
und Loebens, studierte in Heidelberg, wo ihn Loeben kennen
lernte. Möglich, daß die Brüder E. ihn (und Strauß)
aus Halle her kannten. Vgl. auch meine Biographie
Loebens, S. 67 u. ö. und die Einleitung. S. Nr. 34.
-16. Hs. L. —
— Durch E. nicht verwertete Korrekturen von Loebens
Hand in Z. 6 und 8: sprühen und neigen; 9 u. 10: End=
lose; Unzähl'ge.
Z. 4 ändert Loeben = Mich berührt im Herzensgrunde.
-26. — In dieser Form bringen den Zyklus „Jugend=
andacht" nur die ersten beiden Ausgaben (von 1837
und 1842), S. 342 ff. bezw. 340 ff. Die beiden von 1864

und 1883 verteilen den Zyklus auf zwei Stellen (S. 555 und 568; S. 51 und 268).
17. — Die Kanzone, [Hs. L.], von der die beiden ersten Ausgaben 21 Zeilen haben, bringen die späteren überhaupt nicht mehr.
18. Hs. L. — I, 568. — Die Schlußstrophe nur in der Handschrift.
20. Ast 1808, II, 76 (M. 39). —
21—22. Hs. L. —
21. Starke Abweichungen des 2. Quartetts vom Druck.
23. Hs. L. — Zeile 10 lautet nach dem Druck I, 557: „Die Perlen, die du treu geweint im Schmerze". Der in der Hs. gebrauchte Nominativ Schmerze ist ein Archaisieren nach Tieck-Loebenschem Vorbilde. Vgl. m. Biogr. Loebens S. 149 f.
25. Nur in den Ausgaben 1837/42.
26. K. Bibl. 10 b. — Vgl. das inhaltlich verwandte Sonett Wilhelms Nr. 171 auf S. 135.
27—30. I, 294 ff. — Titel in den ersten beiden Ausgaben „Anklänge" (61[1] ff.).
27. Hs. L. — Das „blau" der Hs. in d. Z. 8 und 10 hat der Druck durch „bunt" und „sanft" ersetzt.
28. H. L. („Waldlust"). Die Drucke, von 1837 an (61[1]) haben Z. 2 „ferne" statt des „grüne" der Hs. — Die am meisten charakteristische 5. Str. war bisher unbekannt.
29. Z. 3 u. ö. nach der ersten Ausgabe Melodieen, das die späteren zu Unrecht in Melodie'n wandelten.
30. Hs. L.: „Variazion." — Ebenso eigenmächtig ist des Sohnes Änderung in der 1. Zeile u. ö.: Ewig Träumen... Das Ewig's der beiden ersten Ausg. wird durch die Hs. bestätigt.
31. Ast 1808, II, 87 ff. — I, 297 ff. — Die das Abenteuer des Dichters mit der „Nützlichkeit" einrahmenden Sonetthälften ganz im Stile Loebens. Vgl. Z. 2, 4, besonders das Schlußterzett. — Ein Einfluß der „Trösteinsamkeit" nicht ausgeschlossen.
32—37. „Der Dichter". I, 305 ff. — In den beiden ersten Ausg. „Sonette. I—VI." (S. 66[1] ff.).
34. Hs. L. „In Strauß' Stammbuch." — Diese Überschrift von Josephs Hand wollte Loeben durch den Titel „Die innere Welt" ersetzen. Auch das Sonett Nr. 9 („In Budde's Stammbuch") hatte Loeben mit der neuen Überschrift „Der Minnesänger" versehen und durch die Bleistift-Bemerkung „Hesperiden II", die hier und auf einigen anderen Blättern wiederkehrt, die Gedichte für den (nicht

zustande gekommenen) zweiten Band seiner „Hesperiden, Blüten und Früchte aus der Heimat der Poesie und des Gemüts" bestimmt, deren erster Band bei Goeschen 1816 nach langer Vorbereitung herauskam. — Vgl. m. Loeben biogr. 307 ff. Der bisher allein bekannte Druck des Sonettes Nr. 34 ist völlig umgearbeitet und sehr viel reifer.

35. Hs. L. — Auch dieses Sonett lag bis jetzt nur in einer späteren radikalen Umarbeitung vor.
38. K. Bibl. 10 b. — Von ihm gilt das gleiche.
39. Hs. L. I, 316. — Dieses Gedicht hat in der Ausgabe von 1837 eine ganz andere Wendung erhalten: abgesehen von der eingeschobenen 4. Strophe sind die beiden letzten Strophen des Drucks in der Handschrift durch vier neue ersetzt, in denen eine andächtige und überschwängliche Stimmung herrscht; in dieser heilig=schwärmenden Stimmung verfliegt alle Trübnis. — Wie fern steht der gereifte Redaktor von 1837 solcher Gefühlsseligkeit, wenn er energisch schließt:

> So stürz' dich einmal, Geselle,
> Nur frisch in die Frühlingswelle!
> Da spürst du's im Innersten gleich,
> Wo's rechte Himmelreich.
>
> Und wer dann noch mag fragen
> Freudlos in blauen Tagen,
> Der wandern und fragen mag
> Bis an den jüngsten Tag!

40. I, 451.
41. Hs. L. — I, 451. — Die von Krüger (Kr. 112) angenommene Beziehung zur Hamann=Episode mag bestehen; entstanden ist dieses Gedicht mit seinen Tieckisierenden a=Assonanzen wohl noch in Heidelberg, 1808, oder bald nachher. — Es sei bei dieser Gelegenheit prinzipiell bemerkt, daß die Zeit= angabe 1809 (auf S. 56) bedeutet und umfaßt auch jene nur ungefähr zu bestimmende Übergangszeit 1808/09 zwischen dem Ende der Heidelberger und dem Beginn der Lubowitzer Zeit. —
42. I, 459.
43. II, 11 (I, 463).
44. K. Bibl. 2 a.
45. Hs. L. I, 489. — Die Syn= und Apokopen weisen auf die Frühzeit, wie auch das Sonett mit ganz Frühem zu= sammengeschrieben ist; neu ist u. a. in der 12. Zeile das hs. überlieferte „Blüth' bewahren".

46. Hs. L. — I, 599. Angeblich 1811, sicher schon 1808/09 entstanden. — Das Bild zu Anfang der letzten Strophe ist durch verwandte Bilder des „Reisebüchleins" Loebens („Blätter aus dem Reisebüchlein eines andächtigen Pilgers", Mannheim 1808) zweifellos unmittelbar angeregt.

47—48. Hs. L. — Auch diese beiden Gedichte sind Erzeugnisse der Heidelberger Zeit.

49. K. Bibl. 4b. — (Kr. 118). Hs. L. — Die von Krüger vorgenommene Konjizierung des „sie" in Z. 7 hätte eine genaue Betrachtung der Hs. der Bibliothek erübrigt, wo das „sie" aus dem (versehentlich doppelt geschriebenen) ersten sich verbessert ist.

50. K. Bibl 3 (Kr. 116). — Hier sei auch dem Terzinenfragment auf Blatt 4b der Hss. der K. Bibl., deren gelungene Landschaftsschilderung bedauern läßt, daß dieser Exposition die Fortsetzung mangelt, ein Platz gegeben:

> Der Himmel stand so dunkelblau und schwüle
> Und unter ihm mein Herze so beklommen;
> Da lockte mich des Waldes grüne Kühle
>
> Die oft von mir die Ängsten schon genommen.
> O! grüne Nacht wo Quellen ewig rauschen
> Ihr Wolken zauberisch über mir geschwommen!
>
> Draußen des blauen Mittags betend lauschen;
> O! Blum'n bewegt von silberner Lüften Wogen,
> Euch hört' ich seltsam' Himmelsworte tauschen
>
> Die halb verständlich durch den Schlummer zogen.
> Da war's, als säß' ich einsam und verschlossen,
> Und vor des dunklen Fensters hohem Bogen

51. K. Bibl. 6. — Krügers Abdruck (Kr 115) ist ungenau. Diese in Strophen nur teilweise abgesetzte „Kanzone" ist sehr unregelmäßig gebaut. — Die ersten 12 Zeilen kommen in ihrem Bau einem gebräuchlichen Reim=Schema nahe: abc bac cd ee ff. Diesem Schema entspricht die 4. und (ungefähr) die elfzeilige 2. Strophe. In der 3., wieder nur elfzeiligen Strophe, die dem Sinne, aber nicht dem Wortlaut nach verständlich ist, wäre vielleicht eine 5., 6. oder 7. Zeile mit einem Reim auf . . räumen als ausgefallen anzunehmen. Also etwa Zeile 5:

> „In süßer Einsamkeit zu träumen."

52. K. Bibl. 4b.

53. Hs. L. — Ast 1808, IV, 44. (M. 13).
54. Hs. L. — II, 181.
55. Ast 1808, II, 74. (M. 39).
56. Hs. L. — Ast 1810, I, 41. (M. 40). — Dieses Gedicht ist ein bündiger Beweis für die Ursprünglichkeit der Hs. L., wo selbst es „Frühling" überschrieben ist und den Zeilentext hat:

 1 Zog so innig fest und fester
 2 Mich ans Hertz der Erde nieder
 3 Und so schlummert ich und träumte
 4 Von der allerschönsten Braut.

Diese letzten beiden Zeilen klammerte L. ein und fügte eigenhändig hinzu:

 5 Wo im Schoß der süßen Mutter
 6 Spielten meine schönen Brüder.
 7 Und in diesem Nez die Blüthe
 8 Ward ein himmlisches Gefieder.

Daraus entnahm E. für seine Abschrift in der K. Bibl. wieder die beiden letzten Zeilen 7, 8 und kombinierte sie mit 1, 2. So entstand die M. 40 abgedruckte Str. aus der Zusammenarbeit Ls. und Es. — Nach dieser Darstellung ist die Herkunftbezeichnung des Textes S. 37 oben zu berichtigen: in der K. Bibl. steht nur Z. 1, 2, 7, 8; das zweispaltig Gesetzte stammt aus Hs. L.
57—60. Hs. L. — I, 566 ff.
57. Hs. L. — Ast 1810, III, 12.
58. Hs. L. — Der Anfang der zweiten Strophe ist — ein seltener Fall — in der früheren entschieden besser als in der späteren, bisher allein bekannten dreistrophigen Fassung: Vögel .. weiden dort auf grüner Au.
60. Hs. L. — Ast 1810, III, 13. In Str. 1 ist Loebens Verbesserungsvorschlag von E. angenommen.
61. Ast 1808, II, 77. — M. 41 bringt, die Zusammengehörigkeit verkennend, nur die 4. Strophe nach K. Bibl.
62. Hs. L. — Ast 1810, I, 42.
63. Hs. L. — K. Bibl. 8 (M. 44 ff.) — Ast 1808, IV, 40 ff. I, 621 ff., um 10 Strophen gekürzt. Indem diese Romanze nicht nur doppelt hs., sondern auch bei Ast vorhanden ist, begünstigt sie einen Versuch, sich über das Verhältnis der Handschriften und die wahrscheinliche Filiation der Überlieferung klar zu werden. Sicherheit aber ist nicht zu ge-

winnen; bald geht der gleichzeitige Druck bei Aſt mit Hs. L., bald mit K. Bibl. — Dieſe Hs. ſtellt einen ſehr frühen, wenn auch nicht den allerfrüheſten Entwurf dar. — Bei dem nahen, faſt täglichen Verkehr der drei Freunde hat Loeben natürlich die Verſuche des jungen Dichters in ihren verſchiedenen Stadien verfolgt, überwacht, beeinflußt. So hat er dieſe Romanze nachweislich zum mindeſten zweimal durchkorrigiert: zunächſt vorläufig eine Abſchrift des (noch unvollſtändigen) allererſten Entwurfs durchgeſehen und verbeſſert, — das wäre K. Bibl. Dann arbeitete E. weiter an der Dichtung, machte ſich eine neue Abſchrift und ſchenkte von dieſem Stadium ein Exemplar dem Freunde, der wiederum Verbeſſerungen vornahm. Als dann die Anregung kam, Aſt einige Poeſien zu ſchicken, entſtand der Drucktext aus einer Kombination der beiden Hss. mit neuen Korrekturen.

64. Aſt 1810, III, 28 ff. I, 619 ff. — Der Text folgt den letzten Ausgaben, da Aſts Zs. nicht zugänglich war. Wieder haben wir a-Aſſonanzen.
65. Hs. L. —
Sehr auffallend der häufige Gebrauch des Partizips, worin Loeben Vorbild geweſen ſein mag. — Das Part. praeſ. kommt nicht weniger denn zwölfmal vor. Auch in Form und Ausdruck lehnt ſich die „Romanze" eng an ähnliche des „Reiſebüchleins": z. B. „Berengar u. Dolce"; „Florio"; „Treulieb'" u. ſ. w.
66. Hs. L. — Das Kloſter Andechs liegt in Oberbayern. Vgl. v. Oefele Geſch. d. Grafen v. A. (Innsbruck, 1876).
67. Hs. L. —
68. Hs. L. — K. Bibl. 4a (M. 27)
69. 70. K. Bibl. 4a (M. 27 f.)
71. K. Bibl. 5a (M. 29).
71a. Hs. L. I, 565.
71b. K. Bibl. 1b; I, 384. — Hs. Entwurf noch zum Teil in Proſa, („Der Sänger und der Feldbach"). Strophe 1 iſt überſchrieben „Der Sänger", die in Anführungszeichen ſtehenden mit „Bächlein".
72. K. Bibl. 7a (M 8).
73. K. Bibl. 7a (M. 23). In der Hs. die Bemerkung „Zum Romane", — nämlich „Ahnung und Gegenwart". — Die 5. Strophe neu, n. d. Hs.
74 M. 24.
75–80. „Ahnung und Gegenwart". II, 51; 21; 192; 5; 75; 199.
81. Hs. L. Die beiden erſten Strophen ſtark geändert. — II, 72. Vgl. Kr. 81.

82. K. Bibl. 7 b. — Mit Hs. L. in Übereinstimmung.
83. II, 123.
84. 85. Nur II, 85 bezw. II, 36.
86—88. II, 67, 249; 61.
89—92. „Die Freunde" heißt der Zyklus nur in den beiden ersten Ausg.
93. I, 365. — Vgl. Nr. 7.
94. I, 65, 4. — „Der Riese" wieder nur in den ersten beiden Ausg. betitelt; später „Der Gefangene".
95. I, 366.
96. I, 367.
97. I, 368.
98. Hs. L. II, 346.
99—113. I,⁴ S. 114—126.
102. K. Bibl. 7 b, wo das Gedicht ursprünglich 9 Strophen hatte, von denen 3 durchstrichen sind.
114. I, 502.
115. Hs. L. — I, 503. Die ganz veränderte 8. Strophe lautet im Druck:

> Mir leuchten zwei Sterne
> Mit süßem Strahl,
> Die küß' ich so gerne
> Viel tausendmal.

116. II, 142.
118. II, 233.
119. Hs. L. — Dieses Gedicht, Nr. 2 des Zyklus „Der (wandernde) Musikant" ist vom Herausgeber mit der Jahreszahl 1823/24 versehen, während es sicher vor 1815, (um 1812) entstanden ist.
121—29. „Der verliebte Reisende". — Überschrift nach den ersten Ausgaben (26¹ ff.) Nr. I—VI „In der Fremde", I, 260.
122. K. Bibl. 1 b. — I, 260. In der Hs. ist in Klammern über das Gedicht geschrieben: „vielleicht dem Loeben". Dieser Zyklus „In der Fremde" ist datiert: 1810—12, sehr wahrscheinlich aber früher, (um 1809) entstanden. Die Angaben des Herausgebers Es. sind vielfach (wo nicht willkürlich) so doch unzuverlässig.
124. K. Bibl. 1 b. — I, 261. Zu Anfang eine durchstrichene Strophe mit dem Wortlaut:

> Ach Liebchen, Dein Bildniß seelig
> Hab' ich in Herzensgrund,
> Das sieht so frisch und fröhlich
> Mich an zu jeder Stund.

Aus dieser Strophe ist das Liedchen Nr. 132 „Andenken" hervorgegangen, das vom Herausgeber die Jahreszahl 1811 erhält, womit er seine Datierung des Zyklus „In der Fremde" selbst unwahrscheinlich macht.

125. Hs. L. — K. Bibl. 3 b. — Das dreistrophige, in den ersten beiden Zeilen gleichlautende und in der dritten Strophe anklingende Gedicht, das — bisher allein bekannt — aus dem hs. überlieferten zusammengestrichen sein mag, lautet:

Grün war die Weide, | Sind's Nachtigallen
Der Himmel blau, | Wieder, was ruft,
Wir saßen beide | Lerchen, die schallen
Auf glänziger Au. | Aus warmer Luft?

Ich hör' die Lieder,
Fern, ohne dich,
Lenz ist's wohl wieder,
Doch nicht für mich.

129. Z. 7: „Frischlich" nach den ersten Ausg. gegen „fröhlich" der letzten.
131. „Mittagsruh", nach allen gegen die letzte Ausgabe, die sinnlos „gruß" hat. — Entstehungszeit ungefähr 1812. — Vgl. Goethes „Nacht-Gesang", Hempel, I, 57, Str. 2 und 3 der gleiche Reim Gewühle: fühle.
132. Vgl. 124.
134. II, 132.
137. Hs. L., wo es „Herbstliedchen" überschrieben ist. M. 32.
138. K. Bibl. 15 b.
139. K. Bibl. 22 a.
140. II, 204.
141. II, 333.
142. II, 301.
143—149. I,[4] S. 127—130.
150—158. II, 102; 183; 264 (Hs. L.); 234; 270; 317; 195; 211; 116.
152. Hs. L., mit der schlichten Überschrift „Lied".
157. Hs. L., woher die Schreibung „Lorelay" entnommen ist.
160. Hs. L.
161. Hs. L. — II, 135.
162. Hs. L. — II, 325.
163. K. Bibl. 17. —
Sehr wahrscheinlich von der Hand des Bruders Wilhelm selbst, der darunter geschrieben hat: „Das = unterstrichene sind meiner Wenigkeit unmaßgebliche Verbesserungsvor-

schläge. D. 22. Julius 1814". Nach seinem Vorschlag änderte E. dann die 2. Zeile der 4. Str.

164—190. Wilhelm v. Eichendorff.
164—189. Hs. L.
176. Ast 1808, IV, 46, — das einzige unter der Chiffre W. v. E. damals veröffentlichte Gedicht Wilhelms.
183. Loebens „Hesperiden" (Göschen, 1816) S. 66—72. — An 6 Stellen hat Ls. in den Druck übernommene Korrektur die durchstrichenen Originallesarten unleserlich gemacht.
190. Von Hermann v. E. in seiner Biographie des Vaters mitgeteilt; wohl der Zeit zwischen 1518 und 1820 angehörend. —

Orthographie und Interpunktion der flüchtigen Niederschriften Wilhelms habe ich durchgehend gebessert und nach dem Gesichtspunkt, den äußern Eindruck möglichst wenig störend zu gestalten, geändert. Von den zahllosen Formen wie „zieth", „nath" u. s. w. lasse ich also nur wenig stehen. — Ferner war die Interpunktion zum größeren Teil zu ergänzen, denn seine Kommata sind tatsächlich nichts als Zäsurbemerkungen, die der dichtende Dilettant zu seiner eignen Unterstützung vornahm. Erst in der Revision des Textes habe ich mich entschlossen, sie zu beseitigen: sie entstellten zu arg.

Anhang.

191. Briefentwurf Josephs an Ast. K. Bibl. 6 b.
192. Hs. L. — K. Bibl. 7a. M. 37.
193. K. Bibl. 7a. — M. 37 f.
194. Ast 1808, III, 27. Vgl. Nr. 6. — M. 42.
195. Hs. L. II, 59.

Alphabetisches Verzeichnis der Versanfänge.

Ein hinter dem Versanfang stehendes W bedeutet, daß das Gedicht von Wilhelm stammt; ein A, daß es dem Roman „Ahnung und Gegenwart" zugehört.

	Seite
Ach Liebchen, dich ließ ich zurücke	94
Ach, von dem weichen Pfühle	65
Ach! wie ist es doch gekommen	14
Als noch Lieb' mit mir im Bunde	88
Alter Vater, alter Vater	40
Aus Perlenschaum sah man dich Zeh'n gestalten W	158
Bei dem lauten Hochzeitsfeste W	145
Bei Waldesrauschen, kühnem Sturz der Wogen	81
Beklommen frag ich, was ich wohl gewonnen W	136
Bin ich denn nicht auch ein Kind gewesen	56
Blaue Augen, blaue Augen	34
Bruder, an die alten Zeiten . W	159
Da nun alles zur Ruh' gegangen	47
Da fahr' ich still im Wagen	92
Da hoben bunt und bunter	69
Dämmerung will die Flügel spreiten A	90
Daß der verlornen Heimat es gedächte	9
Das Horn schlägt an, erwachet Jagdgenossen W	136
Decket Schlaf die weite Runde	74
Dein Bildnis wunderselig	99
Demütig kniet ich vor der Jungfrau Bilde	3
Denk ich dein muß bald verwehen	37
Der fleißigen Wirtin von dem Haus	63
Der Himmel stand so dunkelblau [Anmerk. zu Nr. 50]	170
Der Knab' im grünen Walde	49
Der kühle Herbst streut seine goldnen Blätter W	134
Der Lenz mit Klang und rothen Blumenmunden	6
Der Liebende steht träge auf A	65
Der Schäfer spricht, wenn er frühmorgens weidet	12
Der Tanz der ist zerstoben A	62
Die arme Schönheit irrt auf Erden A	125
Die Jäger ziehn im grünen Wald A	60

	Seite
Die Klugen, die nach uns nicht wollten fragen	4
Die Welt ruht still im Hafen A.	101
Du blauer Fluß, an dessen grünem Strande	22
Du schönste Wunderblume süßer Frauen	8
Duftig blühte Abendröthe	45
Durchs Leben schleichen feindlich fremde Stunden	14
Durch grünende Wipfel	63
Ein altes Lied, das in der Seele Tiefen W	154
Eingeschlafen auf der Lauer	97
Ein Spielmann zu Sankt Gallen W	142
Einsiedler will ich sein und einsam stehen A	57
Ein Stern still nach dem andern fällt A	107
Ein Wunderland ist oben aufgeschlagen A	20
Ein Zauberwald steht jungen Herzen offen W	135
Er reitet nachts auf einem braunen Roß A	119
Erwartung wob sich grün um alle Herzen	3
Es giebt geheime schauervolle Stunden W	135
Es ging Maria in den Morgen hinein	55
Es ist ein innig Ringen, Blühn und Sproßen	5
Es ist schon spät, es wird schon kalt A	118
Es lebten zwey teutsche Kaiser W	151
Es saß ein Kind gebunden und gefangen	38
Es saß ein Mann gefangen	69
Es stand ein Fräulein auf dem Schloß A	119
Es tönt ein Laut in allen Creaturen W	131
Es träumt ein jedes Herz	104
Es wächst und strömt in ewigen Gedichten	161
Es war die Nacht so wunderbar, so schwüle	162
Es waren zwei junge Grafen A	2
Es wehte der Wind so leise W	148
Es weiß und rät es doch keiner A	61
Es wendet zürnend sich von mir die Eine	13
Es will der Morgen sich von weitem zeigen	6
Es will die Zeit mit ihrem Schutt verdecken	68
Euch Wolken beneid' ich	86
Ewig's Träumen von den Fernen	16
Felsen, Bäume, Blume, Sterne	52
Fliegt der erste Morgenstrahl	98
Flog Waldvögelein über den See	56
Fraue, in den blauen Tagen	23
Frisch eilt der helle Strom hinunter	37
Frühmorgens durch die Klüfte	91
Frühmorgens durch die Winde kühl	64
Gebannt im stillen Kreise sanfter Hügel	108
Goldner Schein ist ausgegangen W	140

	Seite
Grün war die Weide	95
Grüß euch aus Herzensgrund A	25
Hat nun Lenz die silbern'n Bronnen A	34
Heimwärts kam ich spät gezogen	77
Herbstnebel ziehn über den Weiher	103
Hinaus, o Mensch, weit in die Welt	64
Hoch über den stillen Höhen A	114
Ich geh' durch die dunklen Gassen	93
Ich hab' gesehn ein Hirschlein schlank A	117
Ich hab' manch Lied geschrieben A	162
Ich hab' nicht viel hinieden	99
Ich kann wohl manchmal singen A	104
Ich reise übers grüne Land	90
Ich spielt' ein frohes Kind im Morgenscheine	17
Ihm ist's verliehn aus den verworrenen Tagen	21
In dem wilden unendlichen Walde W	138
In einem kühlen Grunde A	111
In goldner Morgenstunde A	112
In Lust und Scherzen drehn sich leichte Tage	36
In Stein gehauen, zwei Löwen stehen draußen	109
In stiller Bucht, bei finstrer Nacht A	81
In Wind verfliegen sah ich, was wir klagen A	80
Ins Horn, ins Horn, ins Jägerhorn W	139
Ist denn alles ganz vergebens	82
Ist der Frühling nicht gekommen	39
Ist hell der Himmel, heiter alle Wellen	1
Ist's wohl das ewge Rauschen klarer Quellen W	133
Kennst du der Sehnsucht Schmerzen W	156
Kühle auf dem schönen Rheine A	84
Lag blüh'nd ein weites, schönes Land erschlossen	30
Laß, mein Herz, das bange Trauern A	105
Laue Luft kommt blau geflossen A	87
Lebewohl noch schnell zu sagen	44
Legst du dich ins Leichenkleid	103
Liebe wunderschönes Leben	23
Lied, mit Thränen halb geschrieben	93
Liebt ich den Schmerz und seine stillen Qualen	152
Mein Schatz, das ist ein kluges Kind A	65
Mit meinem Saitenspiele	96
Mit vielem will die Heimat mich erfreuen	67
Nach den schönen Frühlingstagen	25
Nächtlich dehnen sich die Stunden A	71
Nachts durch die stille Runde A	127
Nicht Träume sind's und leere Wahngesichte	21
Nun ziehen Nebel, falbe Blätter fallen	27

	Seite
Offne freudig deine Kehle W	141
O Gegenwart wie bist du schnelle	76
O Herbst! betrübt verhüllst du	106
O könnt' ich mich niederlegen A	70
O schöne bunte Vögel	85
O Strom auf morgenrothen Matten	8
O Tage süß, euch muß ich wohl beklagen	32
O Thäler weit, o Höhen A	84
Qual zum sterben, Langeweile W	141
Rasch sprengt der Ritter an ertos'nden Flüssen	29
Sag an, du helles Bächlein du	55
Schalkhafte Augen reizend aufgeschlagen	68
Schlafe, Liebchen, weil's auf Erden A [in 2 Fassungen]	26
Schlag mit den flamm'gen Flügeln A	110
Schon Nebel flatterten und Abendscheine W	137
Schöne Blume die du mit den	53
Seelig, wer zur Kunst erlesen	28
Seh' ich des Tages wirrendes Beginnen	108
Seh' ich im verfallnen Dunkeln	76
Sey stark, getreues Herze	38
Sie band die Augen mir an jenen Bäumen	7
Sind's die Häuser, sind's die Gassen	97
So bange hielten mich die dunklen Mauern	51
So eitel künstlich haben sie verwoben	19
So rauschen wieder linde Frühlingsquellen W	134
So viele Quellen von den Bergen rauschen	19
So Wunderbares hat sich zugetragen	106
Stand ein Mädchen an dem Fenster A	61
Steig aufwärts, Morgenstunde	130
Tiefer ins Morgenrot versinken die Sterne alle	1
Über Bergen, Fluß und Thalen	99
Über blaue Berge fröhlich	36
Vergangen ist der lichte Tag A	110
Verschmähe nicht in mir die leise Welle W	131
Viel Lenze waren lange schon vergangen	11
Vöglein in den sonn'gen Tagen	14
Von Bergeshöhen Abendstrahlen fließen	53
Von See'n und Wäldern eine nächt'ge Runde	109
Von trüber Bangnis war ich so befangen	4
Vor mir liegen deine Zeilen	66
Waldhorn bringt Kund getragen	22
Wann der kalte Schnee zergangen A	117
Wär' ich ein muntres Hirschlein schlank A	58
Was für ein Klang in diesen Tagen	107
Was hör ich doch dein Lied so lockend schlagen W	132

	Seite
Was lebte, rollt zum Himmel aus dem Thale	73
Was soll ich, auf Gott nur bauend	79
Was wollen mir vertrau'n die blauen Weiten	10
Was wollt ihr in dem Walde haben A	59
Weit in einem Walde droben	120
Wen hat nicht einmal Angst befallen	27
Wenn die Klänge nahn und fliehen	15
Wenn die Sonne lieblich schiene A	35
Wenn du am Felsenhange standst alleine	13
Wenn frisch die bunten Frühlings=Schleier wallen	12
Wenn Lenzesstrahlen golden niederrinnen	11
Wenn sanfte Quellen ferne rauschend klagen W	133
Wenn trübe Schleier alles grau umweben	39
Wenn vom Gebirg der Quell kommt hell geschossen	102
Wer auf den Wogen schliefe	66
Wer einmal tief und durstig hat getrunken	20
Wer hat dich, du schöner Wald	83
Wie die dunklen Wälder rauschen W	137
Wie glühten Burg und Kreuz im Morgenstrale	29
Wie in einer Blume himmelblauen	10
Wie nach festen Felsenwänden	74
Wie sie in den Blumentagen	8
Wie wenn aus Tänzen, die sich lockend drehten	7
Willkommen, Liebchen, denn am Meeresstrande	102
Wir sind so tief betrübt, wenn wir auch scherzen A	5
Wohl kann ich, wie die andern, thun und lassen	161
Wohl mancher denn die wirbligen Geschichten	80
Wolken, wälderwärts gegangen	95
Wo treues Wollen redlich Streben A	72
Zwischen Bergen, liebe Mutter A	57

A. W. Zickfeldt, Osterwieck/Harz.